Wilhelm Raabe

Die Leute aus dem Walde

Ein Roman

Wilhelm Raabe

Die Leute aus dem Walde
Ein Roman

ISBN/EAN: 9783743364820

Hergestellt in Europa, USA, Kanada, Australien, Japan

Cover: Foto ©Andreas Hilbeck / pixelio.de

Manufactured and distributed by brebook publishing software (www.brebook.com)

Wilhelm Raabe

Die Leute aus dem Walde

Die
Leute aus dem Walde,

ihre Sterne, Wege und Schicksale.

Ein Roman

von

Wilhelm Raabe.
(Jakob Corbinus.)

Ein Messer wetzet das andere und ein
Mann den andern.
Sprüche Salomonis, 27. Cap. 17. V.

Erster Theil.

Braunschweig,
Druck und Verlag von George Westermann.

1863.

Erstes Capitel.

Die hohe Polizei nimmt ein Protocoll auf.

———————

Auch der unschuldigste, solideste Staatsbürger,
der Mann des feuerfesten Geldschrankes, der Mann
des guten Gewissens, der zugeknöpfteste, strammste,
schnauzbärtigste alte Herr vermag nicht, sich eines
leisen Schaubers zu erwehren, wenn er an dem
Centralpolizeihause vorüberwandelt. Man kann nicht
wissen — es geht wunderlich zu im Leben — das
Schicksal spielt oft eigen mit den Menschen — wer
kann für die nächste Stunde und ihre Tücken gut=
stehen! — Man hat im Vorbeischreiten ein Gefühl,
als sei es höchst angebracht, wenn man den Rock=
kragen in die Höhe klappe; man zieht unwillkürlich

den Kopf zwischen die Schultern, das liegt einmal
im deutschen Blut, — der Herr erlöse uns von dem
Uebel.

Und der Novemberregen kam herunter, als habe
der Himmel den Schnupfen, und seinen ganzen Vor=
rath von Wolkentaschentüchern verbraucht. Es kamen
auch sehr viele Leute herunter, und zwar sehr hart;
denn der Regen verwandelte sich, sowie er den Erd=
boden berührte, in Glatteis, und weder Mann noch
Weib war vor dem Fall sicher. Sehr viel guter
Humor löste sich in mürrisches Hinbrüten und ärger=
liches Gebrumm auf. Die Unliebenswürdigen waren
an diesem ungesegneten Tage noch einmal so un=
liebenswürdig als gewöhnlich. Das Wetter war
wie ein Probirstein, auf welchem jede Anlage zur
Liebenswürdigkeit geprüft und abgezogen wurde.
Haustyrannen schlugen ihre Frauen körperlich und
moralisch, Haustyranninnen explodirten bei der ge=
ringsten Reibung wie Orsini'sche Bomben und konn=
ten ein ganzes Hauswesen mit Verwirrung und
Verwüstung erfüllen. Auch die lieben Kleinen, das

hoffnungsvolle Geschlecht einer edlern Zukunft, waren heute unartiger als sonst; sie bekamen mehr Püffe und Ohrfeigen und öfter die Ruthe, als an andern, hellern freundlichern Tagen. Wehe der dienenden Jungfrau, welche heut den irdenen Topf, den thönernen Napf zur Erde fallen ließ! Wehe, dreimal Wehe über alle die Unglücklichen, die bei solcher Witterung, wie auch ihr Stand und ihre Stellung sein mochten, von Andern abhängig waren! Jedermann war in der Stimmung, seinen Nebenmenschen und Mitkreuzträgern das Leben und das zu tragende Kreuz so schwer und scharfkantig als möglich zu machen, ohne meistentheils im Grunde eine andere stichhaltende Entschuldigung für seine Kratzbürstigkeit zu haben als „dieses grenzenlos niederträchtige Wetter."

Wir wollen bei so bewandten Umständen, den tellurischen und kosmischen Erscheinungen des Tages, aller dieser meteorologischen Bosheit gar nicht die Ehre anthun, sie näher zu beschreiben. Selbst das Centralpolizeihaus ist jetzt ein anmuthigerer Aufent=

haltsort als Straße und Markt. Flüchten wir uns
mit aufgespanntem Regenschirm hinein, in Nummer
Sicher sind wir hier jedenfalls.

Lange trostlose Gänge, Thüren, die in dunkle
Zimmer voll geheimnißvoller Acten und dumpfen
unheimlichen Gesumms führen; kahle Höfe, auf
welchen sich Polizeibeamte umhertreiben, und auf
welchen niemals ein Kind im Sande gespielt, Fe-
stungen gebaut und Pasteten gebacken hat. In den
Gängen Beamte mit bunten Rockkragen und Acten-
bündeln; hinter den schwarzen Thüren Beamte, die
mit knarrender Stahlfeder und giftiggrüner Alizarin-
tinte die Sündenregister der Menschheit ausfüllen
und, wenn sie sich harmlos beschäftigen, Pässe und
Wanderbücher revidiren und unglückliche Handwerks-
burschen in ihrem Selbstgefühl durch imposante
Grobheit kränken. Executoren mit Verhaftsbefehlen
für säumige Schuldner; grimmige Gläubiger mit
Pfändungsgesuchen — einmal in einem der langen
Gänge Kettengeklirr und ein übelgekleidetes, übel-
duftendes Subject, welches zwischen zwei Bewaffne-

ten einherschwankt — über Allem ein unbeschreibli=
ches beängstigendes Etwas, ein Hauch aus Niflheim,
dem Reich der Todten, der Verlorenen: das ist das
Centralpolizeihaus.

Im Bureau Nummer Dreizehn unterhielten sich
drei Personen damit, die Lebensgeschichte eines Vier=
ten anzuhören. Die Zuhörer waren der Polizeirath
Tröster, der Polizeischreiber Fiebiger und der Haupt=
mann a. D. Konrad von Faber, ein stattlicher Mann
mit gebräuntem Gesicht, welcher es sich auf der
Armensünderbank an der Thür bequem machte und
die Füße weit in das Gemach hineinstreckte. Der
arme Sünder selbst aber stand in der Mitte des
Zimmers und erzählte. Sein Bericht füllte grade
die dämmerige Stunde, welche dem Lichtanzünden
voraufgeht.

Inculpat Robert Wolf war angeschuldigt wor=
den, in der Wohnung einer Dame großen Unfug
angerichtet zu haben durch Zertrümmerung von Ge=
räthschaften und Ausstoßung wilder Reden und
Drohungen. Beim ersten Verhör hatte er alle

Auskunft über sich verweigert; man hatte ihn ein=
gesperrt und jetzt nach einigen Tagen enger Haft
wieder hervorgeholt in der Hoffnung, den jungen
Missethäter und Hausfriedensbrecher in einer zer=
knirschtern, weichern Stimmung zu finden. Man
täuschte sich darin auch nicht. Dunkelheit und Lan=
geweile hatten in der gewünschten Weise auf das
Gemüth des Angeschuldigten eingewirkt; ohne alles
Zögern gab er alle mögliche Auskunft über seine
Verhältnisse.

Der Protocollführer Fiebiger hinter seinem hohen
Pult hatte bereits niedergeschrieben, daß Rubricat
Robert Wilhelm Wolf heiße, daß er achtzehn Jahre
alt und auf der Forsthütte Eulenbruch, Dorfbezirk
Poppenhagen, im Winzelwalde, Provinz * geboren sei.

Wir lassen das weitere Verhör folgen.

„Also der Sohn des weiland Forstaufsehers
Wolf auf dem Eulenbruch!" sagte der Polizeirath,
recht wohlwollend auf seine Dose klopfend.

„Ja!" antwortete der junge Mensch mit mürri=
scher, halb gleichgiltiger Stimme und ganz kurz.

„Auf dem Eulenbruch, im Winzelwalde — so so — hm hm — ei ei — schöne Gegend — hm — das einzige Kind?"

Inquisit verstand die Frage nicht im mindesten; starr und grollend blickte er den Rath an.

„Ich frage, ob Ihr noch Geschwister habt, Wolf?"

„Nein. Fritz ist ausgerissen, vielleicht nach Amerika. 'S war unser Aeltester. Die andern vier sind todt."

„Hm hm — sechs. Vier todt. Schon lange?"

„Ja. Wir waren unserer Sechse; drei Jungen und drei Mädchen: Fritz und ich, Franz, Riekchen, Lieschen und Linchen. Wir schliefen Alle in einer großen Bettstatt voll Eichenlaub, trocken und warm. Die Mädchen hatten auch noch eine Bettdecke, wir Jungen hatten aber nichts weiter als des Vaters Soldatenmantel. Die Mutter war todt, der Vater meistens im Wald, um auf die Wilddiebe zu passen. Deren hatte er Einen erschossen, und so hatt' er ein bös Leben mit den Andern; sie schossen oft g'nug

wieder auf ihn, haben ihn aber nicht getroffen. Frik
war der Aelteste von uns; wir mußten ganz allein
für uns sorgen; wir hatten die Hunde, einen zahmen
Fuchs, einen Kolkraben und noch manche andere
Thiere. Linchen war die Kleinste und die Klügste
von uns; die war eigentlich unsere Mutter, obgleich
sie noch ganz winzig war. Wir waren wie die
jungen Füchse, hatten Alle auch rothe Haare, die
kamen von meiner Mutter; meine sind jetzt dunkler
geworden. Linchen hatt' ich am liebsten von meinen
Brüdern und Schwestern; sie hatte Augen so klar
und tief wie das grundlose Wasser, das unter dem
Eulenkopf steht. Einmal, zur Jagdzeit, saß es ganz
still und hielt den ganzen Tag über den Kopf mit
den Händen, und als es in der Nacht unter seiner
alten Decke an meiner Seite lag, da fühlte ich, daß
seine Hände ganz heiß waren, und doch zitterte es
am ganzen Körper vor Frost und wühlte sich immer
tiefer in das Laub. Am andern Tage sprach es
ganz tolle Worte und schrie: der Berggeist wolle es
holen und in die Erde herabziehen. Dann packte

die Krankheit den Fritz und so Eins nach dem Andern, zuletzt mich. Die Hunde, die sonst wohl der
Wärme wegen zu uns in unsere Hürde krochen,
wollten nun nicht mehr mit uns darin bleiben, sie
sprangen heraus und krochen im Winkel zusammen.
Anfangs hörte ich noch, wie der Vater ärgerlich
über uns war, und ich fühlte, wie er mehr Laub
auf uns warf und alle seine Röcke und den Mantel
unserer todten Mutter und alle unsere Kleider. Er
hatte Niemand, der ihm half in dieser großen Noth;
denn er war nicht sehr beliebt bei den Menschen in
der Gegend, weil er so wild und hart gegen die
Wildbiebe und die Holzfrevler war. Sie nannten
uns nur die rothen Wölfe und pfiffen, wenn wir
uns zeigten im Dorfe. Manchmal kam wohl eine
alte Frau, welche Reisig gelesen hatte, und gab Rath;
aber das geschah nur nach Bequemlichkeit und selten;
so waren wir jetzt im Eulenbruch so verlassen, wie
die jungen Füchse, denen die Mutter weggeschossen
ist. Wie das Linchen und die Andern kam ich in
einen Zustand, in welchem ich nichts mehr von mir

wußte; aber einmal wachte ich auf und sah wie im
Traum viele Herren mit Gewehren und Jagdtaschen
vor mir. Sie starrten uns ganz merkwürdig in
unserm Bette an, und Einer hielt ein Paar Gläser
vor die Augen. Sie flüsterten Alle und schüttelten
die Köpfe, und unser Vater stand auch dabei, hielt
die Mütze in den Händen und drehte sie hin und
her. Die Herren sprachen dann alle auf ihn ein;
er sagte auch etwas, zuckte die Achseln und sah sehr
wild und verzweifelt aus. Einige der Herren hatte
ich wohl schon gesehen. Sie kamen öfters zur Jagd
nach dem Eulenbruch. Bald wurde es aber wieder
so dunkel vor meinen Augen wie zuvor, und als ich
endlich von Neuem aufwachte, da lag ich zwar noch
in der Bettstatt, hatte auch ein ordentlich Kopfkissen,
und eine alte Frau saß da mit der Brille auf der
Nase und strickte und gab mir einen Löffel bitterer
Medicin; aber meine Geschwister bis auf den Fritz
waren nicht mehr da. Alle, alle — das Riekchen,
das Lieschen, das Linchen und Franz — Alle waren
fort, waren todt. Wir hatten Alle mitsammen die

Rötheln gehabt, und bis auf Fritz und mich waren die Andern daran gestorben und verkommen. Zu Poppenhagen waren sie begraben; während ich bewußtlos lag, — eine ganze Reihe von kleinen Gräbern. Es war zu spät gewesen, als die Herren von der Jagd uns in unserm Laub, im Fieber sahen, dem Vater Geld gaben und den Pastor Tanne aus Poppenhagen zu ihm schickten, daß er ein Einsehen thue und sich unserer mit dem Doctor Rust und der Frau Wurm aus dem Feldhüterhaus annähme. Es war ein guter Mann, der Pastor Tanne; er hat mich, nachdem mein Bruder und ich wieder gesund geworden waren, mit sich genommen nach Poppenhagen und hat mich, da er selbst keine Kinder hatte, erzogen wie seinen eigenen Sohn. Er wollte auch meinen Bruder mit sich nehmen, aber der konnte von dem wilden Leben im Forste nicht lassen. Doch in die Schule mußte er jetzt auch kommen. Jetzt ist er längst in die weite Welt gegangen; ich habe nie wieder von ihm gehört."

Mit vielen Hm's und Ha's hatte der Polizei-

rath dieser Erzählung gehorcht. Mit seltsamem
Ausdruck leuchteten die Augen des alten Schreibers
über die Haufen von Acten und Registern auf seinem Pulte.

Der Hauptmann Faber strich den vollen Bart
und murmelte:

„'S ist der Bericht eines klaren Kopfes. Armer
Teufel!" Er nickte dem Inculpaten ermunternd zu,
und der Schreiber räusperte sich ebenfalls zur Er-
munterung Robert Wolf's.

Es trat in dem Bureau Dreizehn eine Stille
von einigen Augenblicken ein, in welchen man deutlich das Picken der großen Uhr draußen in der Halle
vernahm. Schon manche unbekannte Tragödie und
Komödie war über den schmutziggrauen Fußboden
des Bureaus Nummer Dreizehn weggeschritten; eine
rührendere Elegie hatte aber die langnäsige Büste
des verdienstvollen früheren Polizeipräsidenten, welche
zwischen den beiden Fenstern von einer Console her-
abblickte, selten vernommen. Der Mann schien sich
aber durchaus nichts daraus zu machen. Dagegen

hatte eine andere Büste auf einer andern Console einen recht wehmüthigen Ausdruck: sei es, daß der Künstler ihr denselben gab; sei es, daß die dämmerige Beleuchtung Schuld daran war; — der König schien es jedenfalls im Bureau Nummer Dreizehn im Centralpolizeihause sehr ungemüthlich zu finden.

Seiner Stellung gemäß unterbrach der Rath Tröster zuerst wieder das Schweigen und fragte, das glattrasirte Kinn streichelnd:

„Also der Pastor Tanne zu Poppenhagen hat Euch erzogen? Was habt Ihr gelernt, Wolf? Was seid Ihr eigentlich?"

Robert Wolf zuckte die Achseln und sagte:

„Als mein Pflegevater starb, mußte ich zurück in den Wald zu meinem eigentlichen Vater; denn damals war mein Bruder schon in die weite Welt gegangen, und mein Vater war immer krüppelhafter geworden; er hatte die Gicht in den Knochen vom Liegen im Walde und hatte meine Hilfe nöthig. Ich kann schießen, die Geige spielen, ein wenig Latein. Ich gewöhnte mich recht gut wieder an den

Wald; es kann Einem schon drin gefallen, Winter
und Sommer, und es gefiel mir die letzten zwei
Jahre durch; wäre auch gern Forstwart geworden,
— wenn — — wenn nicht —"

„Nun, heraus damit! Wenn nicht?"

Robert Wolf wandte sich ab, biß die Zähne
aufeinander und antwortete nicht.

„Ich frage, weshalb Ihr nicht in Eurer Stel=
lung geblieben seid? Ich erwarte Antwort, junger
Mann!" sagte der Polizeirath, so viel amtsmäßige
Rauhigkeit als möglich in Ton und Gestus legend.

Der Hauptmann auf der Armensünderbank stand
auf, klopfte dem Knaben aus dem Walde auf die
Schulter und sagte:

„Sperren Sie sich nicht, Robert; geben Sie
dem Herrn offen Nachricht von Ihrem Leben. Es
sind Freunde hier."

Der Schreiber Friedrich Fiebiger aus Poppen=
hagen nickte über sein Pult weg höchst energisch.
Es war gleich einem elektrischen Schlag durch diese
Schreiberseele gegangen, als vor einigen Tagen die

Namen Poppenhagen, Eulenbruch, Winzelwald zum
erstenmal auf dem Centralpolizeihause genannt wur=
den, in dem Vorgehen gegen Robert Wolf wegen
Hausfriedensbruch. Hätte der Rath Tröster sich
plötzlich auf den Kopf gestellt und seinen Untergebe=
nen aufgefordert, dasselbe zu thun, es würde nicht
solchen überwältigenden Eindruck auf das Gemüth
des Letztern gemacht haben. Wäre auf dem langen
unheimlichen Corridor plötzlich der Klang eines
Waldhorns erschallt, es hätte dem Schreiber das
Herz sich nicht mehr geregt. Mit diesen Namen
drang Sonnenschein, Waldluft, Lust der Jugend
und des Lebens in das Bureau Nummer Dreizehn.
Durch die Papiere rauschte es wie durch die Zweige
der Buchen und Tannen, der Actenstaub verwandelte
sich in das Gestäube des Waldbachs, wie er nahe
dem Dorfe Poppenhagen über die moosigen Steine
stürzt und eine Mühle treibt, welche der kleine Fritz
Fiebiger gebaut hatte. Besagte Mühle wurde aber
noch im achtzehnten Jahrhundert errichtet; 's ist
lange her, und der Polizeischreiber muß sich zusam=

2*

menraffen, um keine Böcke zu schießen in dem Protocoll, welches ihm über den bleichen wildblickenden
Knaben, Robert Wolf aus dem Winzelwalde, in die
Feder dictirt wird. Die Feder kritzelt über das Papier; aber vor den Augen des Schreibers flimmert's;
seine Schriftzüge sind bei Weitem nicht so fest und
sicher wie sonst; — sein Vorgesetzter fragt ihn, was
ihm sei, ob er Kopfweh habe. Friedrich Fiebiger
schüttelt nur den grauen Kopf und murmelt etwas
Unverständliches.

Robert Wolf wendete die zornigen thränenvollen
Augen dem Polizeirath zu; aber noch immer vermochte er nicht, ein Wort hervorzubringen. Man
sah, wie es in ihm stürmte, und wie er sich zwingen
mußte, daß kein leidenschaftlicher Ausbruch erfolge.

Noch einen forschenden Blick warf der Rath auf
den Inculpaten; dann wandte er sich gegen den
Schreiber.

„Fiebiger, nehmen Sie doch einmal das Register
D zur Hand und geben Sie uns die Notizen über
den Namen Dornbluth — Eva Dornbluth, Fräulein

Eva Dornbluth. Wir müssen den Knaben überzeu-
gen, daß die Sicherheitsbehörde offene Augen und
scharfe Ohren hat. Lesen Sie, Fiebiger."

Der Schreiber schlug einen umfangreichen Folianten auf, blätterte einige Augenblicke darin und
las dann mit einer Stimme, die von Natur recht
scharf und schneidend war, in diesem Moment aber
etwas gemildert klang:

„Eva Sophie Dornbluth, Tochter des weiland
Cantors und Opfermanns Otto Friedrich Karl Dorn-
bluth zu Poppenhagen. Alter zwanzig Jahre. An-
kunft in hiesiger Stadt am vierzehnten Mai 184—.
Rubricatin hielt sich anfangs im Hause der Frau
Baronin Victorine von Poppen, Kronenstraße Num-
mer Fünfzig auf, trat dann durch Verwendung des
Barons Leon von Poppen am hiesigen königlichen
Theater ein und wohnt jetzt Lilienstraße Nummer
Zwölf. Bemerkungen —"

Der Schreiber las mit leiserer Stimme noch
einige Noten, welche die hohe Polizei über das Dasein Eva Dornbluth's gemacht hatte, und beobachtete

dabei über den Rand des Folianten scharf den
Jüngling aus dem Winzelwalde. Ein merkwürdiges
Schauspiel bot Robert Wolf dem Menschenkenner
dar während dieser Vorlesung. Mit unverkennbarem
Entsetzen starrte er den Schreiber und sein giftge=
fülltes Buch an, krampfhaft zitterten seine Lippen,
die Fäuste ballte er, todtenbleich ward er, und zuletzt
bedeckte er das Gesicht mit beiden Händen und brach
in ein bitterliches Weinen aus.

Der Hauptmann, welcher sich wieder auf dem
Sünderbänkchen niedergelassen hatte, trommelte mit
dem Fuß einen Marsch; der Polizeirath gab seinem
Schreiber einen Wink, daß er seine Vorlesung ein=
stelle; dann wandte er sich zu dem Inquisiten:

„Seht Ihr, junger Freund, die Polizei weiß
Alles. Soll ich Dir noch mehr vortragen lassen
über die Jungfer Dornbluth; oder willst Du uns
jetzt mittheilen, was Dich in die Wohnung des
Mädchens führte. Du wirst den Ruf desselben
durch eine klare Darlegung der Thatsachen nicht
verschlechtern, glaube mir das, Robert Wolf.“

Die hohe Polizei war fest von der Wahrheit ihrer Notizen überzeugt, und doch stand mehr als eine Lüge in dem Folianten D über Eva Dornbluth. Der arme gepeinigte Knabe aber schluchzte noch eine Zeit lang fort und rief dann wild und in Ver=zweiflung:

„Ich habe sie lieb gehabt — mehr als mein Leben hab' ich sie lieb gehabt, und ich muß sterben darum!"

„Na! na!" brummte der Polizeirath, und der Hauptmann so wie der Schreiber fanden, daß der junge Mensch in diesem Augenblick von überraschen=der Schönheit in seinem Schmerz und Zorn war. Mit immer höher gesteigertem Interesse beobachtete vorzüglich Friedrich Fiebiger den armen Jungen von seinem hohen Dreibein aus. Die magern, in schä=biges Schwarz gekleideten Beine hatte er so hoch als möglich zur Brust hinaufgezogen, die schäbig schwarzen Frackzipfel hingen so tief als möglich zur Erde hernieder. Von überraschender Schönheit war der Polizeischreiber nicht; wohl aber glich er in

überraschender Weise einem alten erfahrenen Raben,
der sich auf einem Dachfirst niedergelassen hat, einem
Raben mit edeln Gefühlen, einem Raben mit Wehmuth in den humoristisch zwinkernden Augen, einem
melancholisch = satirischen Mitgliede des höchst acht-
baren, vortrefflichen und deshalb auch nicht wenig
verleumdeten Geschlechts der „krähenartigen Vögel."

Die aufgeregten Affecte Robert Wolf's machten
sich jetzt in hastig übereinanderstürzenden Worten
Luft.

„Als ich bei dem Pastor Tanne gewesen bin, —
nachdem mein Bruder in die weite Welt gegangen
war — sind Eva und ich immer zusammen gewesen.
Meinem Bruder hatte sie es auch angethan; aber
mir gewißlich noch mehr. O Gott, wer hätte gedacht, daß Alles so kommen würde. Sie war so
klug, viel klüger als ich. Viel leichter als ich konnte
sie das Latein begreifen — sie hat es mit mir gelernt; sie wollte Alles lernen, Alles wissen. Alle
Abende im Sommer saßen wir unter der Esche an
der Hecke im Cantorgarten; und im Gefängniß, in

welches Sie mich haben sperren lassen, mußte ich immerdar an den Sonnenschein denken, der war, als sie in ihrem weißen Kleide zur Einsegnung ging. O, wie hat die Schlechte mit mir gespielt — die Sonne ist auf ewig untergegangen. Ich will nach Frankreich, nach Algier zur Fremdenlegion. Nach Amerika will ich, wie mein Bruder. O, der hätte nicht gelitten, daß sie so mit ihm spielte. Der hat wohl Recht gehabt, wenn er sagte, kein Mensch tauge was, und es schade gar nichts, wenn man ihnen so viel Böses schüfe, als man Macht hätte."

„Na, na," brummte der Polizeirath, „junger Mann, hier ist nicht der Ort, solche unmoralischen Grundsätze auszusprechen."

Der Hauptmann Faber lächelte ein wenig; der Schreiber schnitt eine Feder und sich in den Finger. Robert Wolf achtete nicht im Geringsten auf die Unterbrechung des Raths, fort fuhr er mit doppelter Hast.

„Aber mein Bruder Fritz nahm doch Eva Dorn-

blutt) aus und rechnete sie nicht unter die Schlechten;
o, er war ein wilder Narr, hätte nur noch ein paar
Jahre daheim bleiben sollen; bis die vornehme Dame
auf das Gut kam. Keinem Menschen soll man
Gnade geben, keinem. Der Pastor Tanne wird sich
auch wohl meiner nur angenommen haben, weil er
Langeweile hatte unter den Bauern. Er starb, als
ich sechzehn Jahre alt war, und ich habe an seinem
Sarge geweint, wie ich an dem meines Vaters nicht
weinen konnte. Er hinterließ nichts als seine Bücher, ein paar Tische und Stühle und eine Kuh.
Das nahm die Haushälterin; ich mußte in den
Wald zurück. Da nahm ich Abschied von Eva
unter der Esche. Sie sagte, wir wollten immer wie
Bruder und Schwester sein. Sie sagte, ich sollte
keinen dummen Jungen aus mir machen, ihr Loos
sei in alle Ewigkeit bestimmt. Was mag ich ihr
in der Stunde gesagt haben? Ich weiß es nicht.
O, sie wird höhnisch genug im Innersten darüber
gelacht haben. Ich möchte umkommen auf der
Stelle; aber sie müßte dann auch todt hier vor

meinen Füßen liegen. Meinem Vater hat's der
Branntwein angethan, der hat ihm das Leben genommen. Als es zum Letzten mit ihm ging, und
er in derselben Bettstatt lag, in welcher meine Brüder und Schwestern gestorben sind, kam ein Junge,
welcher Beeren las im Wald, und brachte mir Nachricht, wenn ich Eva noch einmal sehen wolle, so
möge ich eilen; sie gehe fort mit der Frau von
Poppen, welcher der Poppenhof bei Poppenhagen
gehört. Da schoß es mir ganz eiskalt durch die
Seele und dann wieder wie Feuer; aber wie konnte
ich fort von meinem Vater? Der lag und zitterte
im Frost und schrie: die Wilddiebe hätten ihn zu
Boden; mit allerlei Gespenstern rang er durch Tag
und Nacht; nach meinen Brüdern und Schwestern
schrie er, vorzüglich nach dem Fritz, der seines Herzens Liebling gewesen war. Fast ein Jahr blieb
er in diesem Zustand; zuletzt schlug er sich immer
herum mit großen Schaaren von kleinen Thieren,
Mäusen oder Spinnen oder Fliegen; das ließ ihm
gar keine Ruhe."

„Echtes Delirium tremens!" murmelte der Hauptmann.

„Ein ganzes, ganzes Jahr dauerte das," fuhr
Robert fort; „ein ganzes Jahr war Eva Dornbluth
schon weg, und ich hörte nichts von ihr in der Verlassenheit auf dem Eulenbruch; sie war auch, kurz
vor ihrer Abreise mit der gnädigen Frau, eine Waise
geworden und mochte wohl ein hungerig Leben gehabt haben; das konnte sie nicht ertragen. So wartete sie nicht auf mich. Nun starb mein Vater, und
ich brachte ihn in seinem Sarge nach Poppenhagen.
Wie im Traum war ich; was mit mir werden sollte,
wußte ich nicht; von Eva hörte ich nichts im Dorfe,
sie hatte keine Nachricht von sich gegeben. Verstört
lief ich umher oder lag im Wald und endlich trieb's
mich, daß ich meine Kleider in meines Vaters Jagd-
ranzen packte, meines Vaters Büchse über die Schulter hing, die Hunde verkaufte und verschenkte, und
fortging vom Eulenbruch, aus dem Winzelwalde.
Zwölf Thaler, welche mir der Pastor Tanne gegeben, hatte ich ebenfalls noch, damit kam ich hierher,

doch mußte ich unterwegs noch die Büchse verkaufen.
Nach trieb's mich der Eva; aber wie es mir unterwegs ergangen ist, davon weiß ich nichts zu sagen.
Mein Vater in seinen letzten Tagen war nicht ver-
wirrter in Haupt und Sinnen, als ich es jetzt bin.
Die Leute haben mir geholfen und mich zurechtge-
wiesen, und so — "

„Suchtet Ihr hier Eure Jugendfreundin auf,"
fuhr der Polizeirath Tröster dazwischen, „und fandet
die Verhältnisse ganz anders, als Ihr Euch vorgestellt hattet. Ja, ja, es ist so. Statt der gnädigen
Mama hat der Herr Sohn die Sorge und Vor-
mundschaft über das junge, hübsche Ding aus dem
Walddorfe übernommen. So fandet Ihr denn, Robert Wolf, die Wohnung des Mädchens aus, sagtet
dem ungetreuen leichtsinnigen Schatze die Wahrheit
und geberdetet Euch so viel als möglich gleich einem
Verrückten. Dann kam der junge Herr Leon von
Poppen dazu, und wie ein junger Wolf aus dem
Walde fielet Ihr über ihn her, zerschluget ihm die
Nase und hättet ihn erdrosselt, wenn nicht die

Sicherheitsbehörde, die den Lärm von der Gasse aus vernahm, sich drein gelegt hätte. Ei, ei, ei, jugendlicher Romantiker!"

„Sie haben Recht," schluchzte Robert Wolf, „es war thöricht und dumm von mir, daß ich mich an den Schwächling, an das zerbrechliche Bübchen hielt; mit ihr selbst hätte ich die Sache ausmachen sollen. Da lag das hübsche Messer, mit welchem sie das Buch aufschnitt, in welchem sie las, als ich vor sie trat; das Messer hätte ich ihr in's Herz stoßen sollen und mir dann auch, so wär' uns Beiden geholfen gewesen; — das wär' am besten gewesen für uns alle Beide."

Der Schreiber schnellte mit einem merkwürdig elastischen Ruck den Kopf in die Höhe; Konrad von Faber ließ von seiner Armensünderbank her ein ausdrucksvolles Pfeifen vernehmen; der Polizeirath hob die Achseln, schüttelte den Kopf, blickte etwas verlegen in die blitzenden Augen des Knaben und sagte:

„Hm, hm, es war doch besser für Euch, Wolf, daß Ihr Euch mehr an den jungen Baron hieltet.

Ich muß Euch übrigens bemerken, daß solche un=
verständige Reden an dieser Stelle — was ist das?
Herein!"

Ein Klopfen hatte sich an der Thür vernehmen
lassen, und auf den Ruf des Beamten trat ein Po=
lizeidiener ein und überreichte seinem Vorgesetzten
einen Brief. Nachdem der Polizeirath diesem Schrei=
ben ein kurzes, aber nachdenkliches Studium gewid=
met hatte, sagte er:

„Tretet für jetzt ab, Robert Wolf. Greiffenberger,
ich werde klingeln, wenn der junge Mensch wieder
vorgeführt werden soll."

Greiffenberger winkte dem Inquisiten mit dem
waschleberbekleideten Daumen auf eine Art, die nur
bei der von Gott eingesetzten hohen Polizei sich aus=
bildet. Geduldig und gebrochen folgte der arme
Knabe aus dem Walde diesem unnachahmlichen
charakteristischen Winke.

––––––––––

Zweites Capitel.

Der Polizeischreiber Fiebiger setzt seinen Chef in Erstaunen; Julius Schminkert wird gebeten, sich nützlich zu machen.

Als sich die Thür hinter Robert Wolf geschlossen hatte, erhob sich der Hauptmann von seinem Sitze, der Schreiber spielte nachdenklich mit seiner Feder, der Rath Tröster nahm eine Prise und sagte:

„Sie sind doch ein wunderlicher Kauz, Hauptmann. Was für ein Vergnügen finden Sie, der Sie zweimal die Welt umsegelt haben, daran, auf jener Bank zu sitzen und die Misere, mit welcher wir es zu thun haben, durchzukosten? Unsereiner ist froh, wenn er einmal den Kopf aus diesem Malebolge, diesem Teufelssumpf erheben darf, Ihnen scheint es das größte Vergnügen zu machen, darin unterzutauchen und umherzuplätschern."

„Ein Vergnügen ist es nicht, sondern ein Studium, welches den Kopf und das Herz freimacht. Jeder Mensch soll von Rechtswegen ein Steckenpferd haben. Laßt den Einen Schnupftabacksdosen sammeln, den Andern verrostete Münzen, Wurzelwörter, Flaschenstöpsel oder Kerbthiere; ich treibe Naturgeschichte der Menschheit und jage mein Steckenpferd um die Erde und durch — diese Polizeistube. Die weite Welt und die Polizeistube bieten ein gleich ergiebiges Feld; der Kampf um die Existenz bleibt überall derselbe, im brasilianischen Urwalde wie in der Wüste Gobi; im ewigen Eis von Boothia Felix wie hier unter der gipsernen Nase Ihres weiland Vorgesetzten, Tröster."

„Was denken Sie über den vorliegenden Fall, Hauptmann?" unterbrach der Rath den weitgereisten Mann.

„Hm, eine gute lange Missouribüchse und ein gutes Pferd, eine hübsche kleine Prärie, fünfhundert

Meilen in die Länge und die Breite, würden den
Jungen wieder zurecht bringen. Es ist Kern in
dem Knaben; soll mich wundern, wie lange Sie ihn
werden in's Loch stecken müssen, um einen Hallunken
daraus zu machen."

Eine sehr lange Prise nahm der Rath; dann
griff er nach dem überbrachten Schreiben:

„Hier ist ein Brief, welcher den Inculpaten angeht. Der Baron Poppen schreibt: man möge den
Robert Wolf laufen lassen; im Interesse aller Theile
sei es, wenn man ihn so bald als thunlich aus der
Stadt schaffe; seinen Denkzettel habe er ja schon
durch den achttägigen Arrest erhalten. Der junge
Herr schließt eine Banknote von zwanzig Thalern
ein."

„Und das Frauenzimmer ist vollständig einver-
standen mit diesen Vorschlägen? Wohl gar erste
Urheberin derselben?"

„Das glaube ich sicher," meinte der Rath.
„Man kennt diese Damen. Uebrigens soll das
Mädchen nicht ohne Talente sein; man spricht viel

in der Gesellschaft von ihr. Trotz unserer Register
sind wir hier über die Person doch noch nicht ganz
im Klaren."

Die Polizei sprach da ein wahres Wort; sie
hatte durchaus keine Ahnung, wer und was Eva
Dornbluth sei.

„Alles in Allem genommen," fuhr der Rath
fort, „wird es wirklich das Beste sein, was wir
thun können; wenn wir den armen Teufel, diesen
Robert Wolf, cito citissime in seinen Wald zurück=
schicken. Hier am Orte würde er jedenfalls unter=
gehen, und ich möchte wetten, daß wir ihn an die=
ser Stelle noch öfters und unter gravirenderen Um=
ständen erscheinen sähen. Ich meine, ich halte dem
Jungen eine gute Rede, und wir schicken ihn fort,
heute Abend noch, oder morgen in der Frühe, mit
dem ersten Bahnzug, der nach seiner Provinz abge=
lassen wird."

„Wasser nahm er und wusch sich die Hände
vor dem Wolf!" brummte der Hauptmann; der
Schreiber aber folgte seinem nachdenklich auf= und

abgehenden Vorgesetzten mit den klugen scharfen
Augen aus einem Winkel des Gemaches in den
andern, und bewegte dabei den Kopf auf eine Art,
welche darthat, daß auch er den Casus reiflich über-
lege. Aus seinen Ueberlegungen fuhr er schnell empor, als der Polizeirath vor ihm stehen blieb und
sagte:

„Was ist Ihre Meinung, Fiebiger?"

Seine Feder zog der Schreiber hinter dem Ohr
hervor, legte sie neben seinem Protocoll nieder und
sagte:

„Herr Rath, ich habe nun schon manch' liebes,
langes Jahr unter Ihren Augen diese Register" —
er legte die Hand auf den vor ihm liegenden Folio-
band — „geführt, und habe auch con amore, aber
handwerksmäßig getrieben, was der Herr Hauptmann als Dilettant treibt. Ich glaube, die Zukunft
des Rubricaten Robert Wolf ist in diesem Augenblick auf eine so scharfe Kante gestellt, daß ein fal-
scher Schub nach beiden Seiten hin, ihn auf gleiche
Weise in den Abgrund stürzen wird. Greift nicht

eine gute Hand fest und sicher in sein Geschick, so wird er eben so wohl in seinem Walde wie hier in der Stadt untergehen. Hier in der großen Stadt mag er zum Verbrecher, mag er zuchthausreif werden; dort im Walde vielleicht auch; jedenfalls, unantastbar sicher aber nach und nach zum brutalen, stumpfsinnigen Trunkenbold. Ich wollte mich anheischig machen, seinen Lebenslauf in der Wildniß Tag für Tag, Jahr für Jahr an den Fingern herzuzählen bis zum Verdict des Landphysikus bei der Section: Ausgezeichnet schöne, weiße Säuferleber!"

Unwillkürlich mußten die beiden andern Herren lachen und der Polizeirath meinte:

„Das ist ein böses Prognostikon, und leider ist viel Wahres daran. Was sollen wir denn aber mit dem Burschen beginnen? Was bleibt uns übrig, als ihn seinem Schicksal zu überlassen und uns — in der That — die Hände zu waschen, wie der Landpfleger Pontius Pilatus?"

Die letzte Frage begleitete ein vorwurfsvoller

Blick auf den Hauptmann, und dieser hielt es für
seine Pflicht, den Rath zu beruhigen:

„Trösten Sie sich, Tröster; auch vor dem Pro=
prätor von Syrien hat es Leute gegeben, welche
nach dem Waschnapf und dem Handtuch riefen.“

„Ich hätte einen Vorschlag zu machen,“ sprach
der Schreiber, „möchte aber den Herrn Rath gehor=
samst bitten, daß er vorher dem Knaben das Geld
des Herrn von Poppen anböte.“

„Kommen Sie dabei nicht zu nahe in das Be=
reich der Faust des jungen Wilden, Tröster!“ sagte
der Hauptmann von Faber; während der Chef etwas
verwundert nach seinem Untergebenen hinüberblickte.

„Meine Bitte hängt mit meinem Vorschlag zu=
sammen,“ sagte Fiebiger; der Polizeirath klingelte
und befahl dem eintretenden Greiffenberger, Inqui=
siten wieder vorzuführen. Bevor wir jedoch den
zweiten Act des Verhörs erzählen, haben wir von
einer Bekanntschaft zu berichten, welche Robert Wolf
im Vorzimmer des Bureaus Nummer Dreizehn ge=
macht hatte.

Kaum seiner mächtig, halb unfähig zu hören
und zu sehen, hatte Robert dem Winke des grim=
migen lakonischen Greiffenberger Folge geleistet. Er
wäre fast zu Boden getaumelt, hätte ihn nicht die
Hand im grauweißen waschledernen Handschuh, die
fast so gut zu deuten verstand wie die an der Wand
im Saal des Königs Belsazar, auf eine niedrige
Bank gedrückt, auf welcher er sitzen blieb, das Gesicht
mit den Händen verdeckend, zu gleicher Zeit schluch=
zend und mit den Zähnen knirschend. Ein junger
Uhu, welchem man das erste Nest zerstörte und den
man zugleich aus seiner dunkeln Verborgenheit in
die helle scharfe Sonne reißt, würde ungefähr ähn=
lich fühlen wie Robert Wolf in diesen Augenblicken.
Das unzurechnungsfähige Gebahren des unglücklichen
Knaben erregte denn auch sogleich auf's Aeußerste
die Aufmerksamkeit eines Individuums, welches bis
jetzt, mit dem Rücken dem Zimmer zugewendet, an
einer Fensterscheibe getrommelt hatte, und welches in
Wesen und Erscheinung einen wunderlichen Gegen=
satz zu dem gepeinigten Robert bildete.

Besagtes Individuum trug zu einer Zeit, wo
der Herbst schon sehr bedenklich in den Winter über-
ging, einen hellen Sommeranzug, der seiner Zeit
höchst elegant und in den Hundstagen gewiß auch
sehr angenehm gewesen war, welcher aber jetzt durchaus nicht mehr irgend einen Anspruch auf Neuheit,
Eleganz und Zweckmäßigkeit machen konnte, und
den jedes wärmer bekleidete Menschenkind nur mit
Schauder und Frösteln in's Auge fassen konnte.
Hellblau war seine Farbe. Gentile Schäbigkeit um-
hauchte die ganze Erscheinung, und etwas Unwäg-
bares, Unfaßbares, Unfühlbares, welches seinen Sitz
eben so gut in dem lockern Halstuch, wie in den
hellblauen Zeugstiefelchen haben konnte, verkündete
unwiderleglich, daß der Gegenstand unserer Schilderung mit mehr Phantasie als Verstand begabt sei,
und daß er nicht zu jenen soliden Classen und
Stützpfeilern der Gesellschaft, auf welche das Auge
des Nationalökonomen mit Wohlgefallen blickt, gehöre.

Julius Schminkert war ein Künstler, ein Künst-

ler in des Wortes verwegenster Bedeutung, und nur
deshalb kein Genie, weil er die eine Grundbedingung
der Genialität, Selbstvertrauen, in zu hohem Grade,
und die andere, Concentrationsfähigkeit, in zu ge-
ringem Maße, oder besser gesagt, gar nicht besaß.
Er konnte Alles — Komödie spielen, Verse machen,
einen Pudel scheren, einen Menschen frisiren, mehrere
Instrumente spielen, sowie jedes beliebige Kartenspiel;
auf dem Billard war er Meister, sein Vertrauen auf
die Langmuth Gottes war unerschütterlich. Uebrigens
log er gern und mit Geschick; wir führen den leichtsinnigen Tropf vor, wie wir ihn auf dem Wege
unserer Feder gefunden haben. Augenblicklich befand
er sich in den Hallen des Centralpolizeihauses, um
Verwahrung einzulegen gegen eine Auspfändung,
bei welcher man ihm außer allem Andern, was sein
war, auch seine „Rollen" mit ausgeführt hatte.
Ein juristischer Freund hatte ihn darauf aufmerksam
gemacht, daß dieses dem Recht des beneficii com-
petentiae, wonach der Gläubiger dem insolventen
Schuldner das Handwerksgeräth zur Erwerbung

seines Lebensunterhaltes lassen müsse, schnurstracks
zuwiderlaufe.

„'S ist ja der reine Mordversuch gegen Dich,
Julius!" hatte der juristische Freund gesagt. „Reine,
crasse Meuchelei ist es!" Und Julius hielt diesen
Fall für eine höchst vortreffliche Gelegenheit, den
Strom der Gerechtigkeit an seiner Quelle aufzu-
suchen, das Talent gegen die Materie zu vertheidigen und in seiner beleidigten Würde als Künstler
und Mensch gegen die zwingende Gewalt der ge-
meinen Wirklichkeit und gegen den tailleur de Paris
Herrn Alphonse Stibbe, den Anfertiger des hellblauen
Sommercostüms — o holdeste Angelika Stibbe! —
zu declamiren, Protest zu erheben und — sich gratis
am Feuerherde der hohen Polizei zu erwärmen.

Den Stoßseufzer: O Angelika! haben wir nicht
ohne Grund eingeschaltet. „Ich würde mich, um
zu meinem Recht zu gelangen, inniger an Fräulein
Angelika Stibbe als an irgend ein Institut menschlicher Gerechtigkeitspflege halten," hatte der juristische
Freund seinen Rathschlägen und Anreizungen hinzu-

gefügt, ohne jedoch dadurch den beleidigten Rechts=
sinn Schminkert's in ein anderes Bett leiten zu
können.

In seine wirkungsvollste Attitüde hatte sich Ju=
lius geworfen, die linke Hand auf's Herz legend,
die rechte zum Himmel emporstreckend, hatte er ge=
rufen:

„Soll ich die Schönheit dergestalt entwürd'gen,
Daß sie das Gold, das in den Staub mir fiel,
Im Hohn des Pöbels seufzend sucht zusammen,
Und kniend das Verlorene mir bietet?"

Solcher idealen Anschauung zartester Verhältnisse
nachgebend, befand sich Julius Schminkert in diesem
Augenblick im Vorzimmer des Bureaus Nummer
Dreizehn. Manch einen verschlungenen Namenszug,
manch ein vom Pfeil der Liebe durchbohrtes, manch
flammenschlagendes Herz hatte er an die beschweißte
Fensterscheibe gezeichnet; sein Trommeln an derselben
unterbrach er, um mit untergeschlagenen Armen zu
aufmerksamer Betrachtung sich vor Robert Wolf auf=
zupflanzen. Nach einem minutenlangen Anstarren
fragte er mit Grabesstimme:

„Wofür drin?"

Robert sah nicht einmal auf; regte sich nicht; Julius Schminkert legte ihm pathetisch die Hand auf die Schulter:

„Mitbruder im Pech, nenne mir das Verbrechen oder das Unglück, das Dich an diesen Ort des Heulens und Zähnklapperns führt! Zu den Gezeichneten gehörst Du, ich sehe das Mal auf Deiner Stirn. Die kalte Faust sehe ich, welche Dich am Rockkragen gepackt hält, Dich schüttelt und Dich demnächst mit Grazie in die Ecke werfen wird, wohin sie schon so manchen Deinesgleichen geworfen hat. Unglücklicher, wehe Dir!"

Mit offenem Munde starrte Robert jetzt den Declamator an:

„Sind Sie verrückt?" fragte er mit stumpfem Grimm.

„Nicht mehr als alle andern vernünftigen Menschen; — nur ein wenig aufgeregt," meinte Julius Schminkert. „Unbekannter Mensch, Wanderer auf dem runden Ball der Erde, der nicht der Ball des

Glückes ist; in der zweiten Person Singularis rede
ich Dich an, weil ich mich auf dieser Bank neben
Dir niederlasse. Brüder im Leiden sind alle Die,
welche auf diesem vierbeinigen harten Ungeheuer
beieinander saßen, sitzen und sitzen werden. 'S ist
eine große Verwandtschaft."

„Ich schlage Ihnen den Schädel ein, wenn Sie
mir noch näher rücken!" rief Robert die Faust erhebend
und zum äußersten Ende der Bank zurückweichend.

„Ruhe dort im Winkel!" schnarrte Greiffenberger
vom Ofen her. „Herr Schminkert, seien Sie doch
verständig!"

„Verständig?" rief Julius.   „Ich bitte Sie,
Herr Wachtmeister, können Sie das von einem
Menschen, der bei solchem Wetter so leicht gekleidet
geht, verlangen? Verständig?! Auf dem Wege hier=
her begegnete mir ein wirklicher geheimer Rath in
einem Marderpelz; man sah nichts von ihm als die
Nasenspitze, und an dieser Nasenspitze sah ich sogar
dem Mann bei dieser Kälte den Unverstand an.
Verständig?!"

„Auch 'ne Ansicht von die Sache," brummte Greiffenberger, und die Unterhaltung stockte einige Zeit im Vorzimmer des Bureaus Nummer Dreizehn. Robert Wolf hatte den Kopf wieder in beide Hände genommen, Julius betrachtete ihn verstohlen von der Seite, und Greiffenberger sog mit der Schattenseite seines Ichs so viel Ofenwärme als möglich ein und sah so gedankenlos wichtig als möglich dabei aus.

Der Wind trieb den eisigen Regen in immer schärfern Stößen gegen die Fensterscheiben, der Nebel wurde immer dichter, die Welt im Allgemeinen wie im Besondern immer unbehaglicher. Den seltsamsten Körperverrenkungen gab sich Schminkert auf seinem Ende der Bank hin; bis er das Möglichste, was in dieser Art zu leisten war, geleistet hatte und sein quecksilberartiges Temperament eine Veränderung der Unterhaltung erforderte. Er erhob sich, dehnte und reckte sich, gähnte entsetzlich und schritt zu dem Ofen, wo er den Polizeiwachtmeister in ein leises Gespräch verwickelte, und bald hatte er aus dem würdigen

Mann Alles heraus, was derselbe über den armen Robert wußte.

Dann erklang die Glocke des Polizeiraths Trö= ster; Greiffenberger rückte den Säbel zurecht und marschierte in ordonnanzmäßiger „Properteh" in das Heiligthum des Bureaus und ließ das boden= lose Genie in kopfschüttelndem Nachsinnen über den Reichthum der Welt an tollen Lebenserscheinungen zurück.

Dann hatte Robert Wolf abermals dem charak= teristischen Winke der Sicherheitsbehörde Folge zu leisten. Wieder stand er vor dem Manne, welcher einen so großen Einfluß auf sein nächstes Schicksal hatte, welchen die Gewohnheit aber doch ziemlich gleichgiltig gemacht hatte gegen die Frage: was das Gewicht bedeute, welches er in die Wagschale warf, in der eine menschliche Existenz gewogen wurde. Glücklicherweise war in dem Bureau Nummer Drei= zehn ein Anderer gegenwärtig, der sich vorgenommen hatte, auf eine andere Art in das Leben Robert Wolf's einzugreifen, als der Polizeirath Tröster es vermochte.

„Wolf," sagte der Polizeirath, „Eure Angele=
genheit hat sich zum Besten gewandt. Wir wollen
unsererseits den achttägigen Arrest als eine genü=
gende Strafe Eures unbesonnenen Verhaltens, Eures
ungebührlichen Betragens ansehen, andererseits ist
auch auf Bitten des Herrn von Poppen die Sache
niedergeschlagen, und — Sie sind frei, Robert Wolf.
Hier soll ich Ihnen eine Banknote geben, welche
von der ebenerwähnten Seite kommt. Nehmen Sie,
und verwenden Sie das Geld —"

„Von ihm, von ihr meine Freiheit? Von ihm,
von ihr dieses Geld?" schrie Robert Wolf, und es
wurde wieder einmal deutlich, daß Maler und Bild=
hauer, um Charakterköpfe zu studiren, sich häufiger
auf dem Polizeibureau einfinden sollten. „Herr,
Herr," rief der Knabe aus dem Walde, „o Herr,
lassen Sie mich wieder in das Loch sperren! O die
Schlechte! die Schändliche!"

Die Stimme versagte dem Jüngling, erstickt
durch Grimm und Thränen; auf die Bank sank er,
auf welcher vorhin Konrad von Faber gesessen hatte.

Der Schreiber flüsterte dem Rath etwas in's Ohr, dieser sah ihn höchst verwundert an, nickte dann mit dem Kopfe und trat von seinem Schreibtische gegen die Armesünderbank heran, die Banknote des Barons von Poppen in der Hand:

„Herr Robert Wolf —"

Mit geballter Faust sprang der Angeredete drohend wieder in die Höhe.

„Was treibt Sie, junger Mann?" fragte der Beamte würdevoll, aber doch einen Schritt zurückweichend. „Halten Sie sich ruhig. Es steht in Ihrem Belieben, dieses Geld zu nehmen, oder es von sich zu weisen."

„Auch meine Freiheit will ich nicht haben durch ihre Gunst und Gnade!" rief Robert Wolf. „Wenn es Gerechtigkeit ist, daß ich in's Gefängniß komme für das, was ich that, so will ich eingesperrt sein, so wie es im Gesetzbuch steht, bis an meinen Tod. Denen aber will ich nichts verdanken — nichts, nichts!"

Der Hauptmann von Faber murmelte vor sich

hin: „Eine Doppelbüchse, ein Roß und die Prärie;"
der Schreiber Friedrich Fiebiger aus Poppenhagen
gab seinem Vorgesetzten abermals ein Zeichen, und
Letzterer sagte darauf ganz kurz zu dem Jüngling:

„Treten Sie noch einmal ab, Wolf. Ich werde
Sie sogleich wieder rufen lassen."

Von seinem hohen Dreifuß stieg der Schreiber
nach der Entfernung Robert Wolf's herab und tritt
— mehr in die Mitte dieser Geschichte, wenn auch
grade nicht ganz in den Mittelpunkt, den eine Ge=
schichte in dieser Zeit des breiten Lebens selten ma=
thematisch genau haben kann.

Da stand der Schreiber Friedrich Fiebiger aus
Poppenhagen im Winzelwald, hager und, wie es
schien, etwas hungrig, sehr ältlich, gelblich und blut=
leer, gekleidet in abgetragenes Schwarz. Da stand
er und ließ die kleinen glänzenden Augen von einem
der beiden anwesenden Herren zum andern gleiten.
Ich suche nach einem Gleichniß, welches die Er=
scheinung des Mannes klarer vor die Einbildungs=
kraft führe, und nichts fällt mir ein als ein auch

dem Einfall nahes, hohes, altes, schmales Haus in
der Altstadt, ein Haus, zur Seite geneigt, gestützt
und vernachlässigt; ein Haus, in dessen zweifenstri=
gem Erker, den Wolken so nahe als möglich, ein
Freund von mir wohnte, ein Poet, der seine Ge=
dichte nicht niederschrieb, weil er niemals einen Reim
finden konnte, ein humoristischer Hund, der mit der
Welt spielte wie Zeus, der Vater der Götter, und
am Nervenfieber starb. Wie oft bin ich in spätester
Nachtstunde durch das Schleichgäßchen geschlichen,
aufblickend zu diesen beiden hellen Fenstern! Alles
war dunkel und schmutzig dann. Nur die beiden
Fenster leuchteten in die Nacht, und diesen beiden
Fenstern vergleiche ich den spaßhaften Glanz in den
Augen des Polizeischreibers Friedrich Fiebiger, wie
ich seinen übrigen Leib leider dem wackligen Hause
Nummer Vierundachtzig im Schleichgäßchen ver=
gleichen kann.

Da stand der Mann, rieb die magern Hände
aneinander und sagte:

„Ich muß um Verzeihung bitten, Herr Rath,

4*

wenn ich mich bei dem, was ich zu sagen habe, nicht so kurz fassen kann, als ich wohl möchte."

Der Polizeirath und der Hauptmann sahen Beide nach der Uhr.

„Manches Jahr habe ich," fuhr der Schreiber fort, „an diesem Pulte verschrieben. Wie ich hoffe, zur Zufriedenheit meiner Vorgesetzten."

Der Polizeirath, welcher anfing, sich nach dem Whisttisch zu sehnen, nickte energisch, was eben so gut heißen konnte: „Ja wohl, Sie schreiben die leserlichste Hand, die mir jemals vorgekommen ist!" als auch: „Ich bitte sie inständig, fassen Sie sich so kurz als möglich."

„Wie der Herr Rath weiß," sprach Fiebiger, „hat man an dieser Stelle mehr mit der Schatten=seite als mit der Lichtseite des Daseins zu thun. Man athmet aber in einer Atmosphäre, die den Menschen alt werden läßt, weil sie ihm die Seele gerbt — 's ist ein fortwährendes Stahlbad, höchst gesund, zu gesund."

Seufzend gab der Polizeirath seinem Protocoll=

führer Recht, und der Hauptmann strich eifriger seinen Bart.

„Ich kann's mir nicht verbergen," fuhr der Schreiber fort, „ich bin alt geworden; die allzu gesunde Atmosphäre fängt an, meine Nerven anzugreifen. Ich hätte es nimmer für möglich gehalten. Die Gespenster, welche ich in diese Register eingeschlossen habe, fangen an, sich zu rächen; sie bekommen ein curioses Leben, kriechen hervor aus ihren Foliobänden, schlüpfen durch das Schlüsselloch und kommen nächtlicher Weile vor mein Bett, ihren Spaß mit mir zu treiben. Es ist ein grimmiger Spaß, und ich bin ein alter, einsamer Mensch. Als ich jung war, habe ich wohl mit Händen und Füßen um mich schlagen und treten können, da hatte das Gesindel noch Respect. Jetzt kann ich nur die Bettdecke über den Kopf ziehen; aber die Gespenster sind schlau, sie wissen mich doch zu peinigen. Sie machen Stimmen nach, Stimmen, welche ich seit vierzig Jahren in diesem Hause gehört habe. Sie weinen und wimmern wie Kinder, sie kreischen

wie Weiber, sie fluchen auch wohl ein wenig. Dann
kommt dazwischen ein Lachen, das fürchte ich am
meisten, es ist das echte, das wirkliche und wahre
Sich-zu-Tode-lachen.   Zum Exempel das junge
Weib, welches wir neulich hier vernahmen, und
welches am folgenden Tage im Krankenhaus starb,
lachte so.   Was soll man dagegen machen?"

„Sie hätten heirathen sollen, Herr Fiebiger,"
meinte der Hauptmann, welcher ein eingefleischter
Hagestolz war.   Der Polizeirath, welcher zu Haus
eine Polizeiräthin hatte, seufzte:

„Vollständig hilft das auch nicht, Faber."

Der Schreiber blickte seinen Vorgesetzten weh-
müthig an:

„Um sich gegen das Alter zu schützen, muß man
sich geistig an der Jugend erwärmen, wie der König
David in seinen spätern Jahren sich körperlich daran
wärmte. Aehnlich wie der Knabe im Vorzimmer bin
ich auch vor langer Zeit aus dem Winzelwalde in dieser
Stadt angekommen. Ich könnte darüber auch meine
Geschichte erzählen; aber es würde zu nichts führen;

ich will nur sagen, daß dieser Robert Wolf und ich
Landsleute, daß wir Beide Hintersassen des Herrn
von Poppen sind und daß mir der Junge ungemein
gefällt. Er hat mir meine ganze Jugendzeit wieder
lebendig gemacht, und seit ihn der Herr Revierlieu-
tenant Kirre hierhersandte, sind die oben besproche-
nen Gespenster in ihre Folianten zurückgekrochen;
mit andern Gedanken habe ich mich umhergetragen.
Ich habe den Burschen studirt, wie man ein Buch
studirt, und jetzt bin ich zu einem Entschluß gekommen: Ich bitte den Herrn Polizeirath gehor-
samst, mir besagten Robert Wolf aus Poppenhagen mit Haut und Haar zur Disposition zu überlassen."

„Sie wollen also wirklich?" fragte der Polizeirath Tröster.

„Was?!" rief der Hauptmann von Faber.

„Ich fürchte mich daheim vor diesen Bänden,"
sagte der Schreiber, wieder die Hand auf die Re-
gisterbände legend. „Ich habe ein zu gutes Ge-
dächtniß für das, was ich hier eintragen muß. Ich

kann nicht mehr allein sitzen in meiner Stube. Die
Seele dieses Knaben will ich retten, und er soll mir
das Licht der Jugend vorantragen auf dem dunkeln
Weg in's Grab."

„Fleck getroffen! Bravo!" rief Konrad von Faber, der Polizeirath jedoch meinte kopfschüttelnd:

„Haben Sie das wohl recht überlegt, Fiebiger?
Sie bei Ihrem jämmerlichen Einkommen wollen sich
eine solche Last, eine solche Verantwortlichkeit auf-
bürden?"

„Ich habe wenig Bedürfnisse gehabt in meinem
Leben und will den Jungen schon durchfüttern. Was
die Verantwortlichkeit betrifft, so bin ich ein wenig
Psycholog und glaube, meinen Weg klar vor mir
zu sehen. Ein Professor der Seelenkunde mag über
sein Fach sehr gut dociren können; aber ein alter
Polizeischreiber wird auch immer wissen, was er
dem Individuum gegenüber zu thun und zu
lassen hat."

„Das mag Alles sein, Fiebiger; aber —"

„Ach, Herr Rath, wir tappen Alle in der Finster-

niß umher und wiſſen ſelten, was zu unſerm Beſten
ausſchlagen wird. Ich habe nun einmal mein Herz
an dieſen Knaben und dieſen Wunſch gehängt. Ich
bitte gehorſamſt, ſchenken Sie mir dieſen Schlingel,
dieſen Robert Wolf aus dem Winzelwalde. Die
Welt weiß in dieſem Augenblick doch nichts damit
anzufangen, ſie würde ihn ausrangiren und einen
Lumpen mehr daraus machen; — ich aber will ver-
ſuchen, zu bewirken, daß ſein Name nicht noch einmal in dieſen Büchern, Folio W, erſcheint.“

„Ich werde Ihrem Plan und Vorhaben gewiß
auf keine Weiſe entgegen ſein, Fiebiger. Nehmen
Sie den Burſchen und machen Sie daraus, was
Sie wollen. Sie ſind mein treuer, guter College
und Freund. Hier haben Sie meine Hand, wir
wollen Freunde bleiben, Sie alter Humoriſt.“

„Geben Sie mir auch Ihre Hand, Herr Fiebiger!“ rief Konrad von Faber. „Wenn ich Ihnen
oder Ihrem Schützling einmal auf irgend eine Art
nützlich ſein kann, wird mir das zu großer Genug-
thuung gereichen.“

Der Schreiber lächelte, indem er dem Hauptmann die Hand entgegenstreckte:

„Sie kommen weit herum in der Welt, Herr
Hauptmann; wer weiß, wo und wie sie meinem
jungen Wolf noch einmal begegnen. Wenn Sie
dem Glück begegnen, so schicken Sie es mir nur zu,
Musikantengasse Nummer Zwölf, oder hierher, Centralpolizeihaus, Bureau Nummer Dreizehn. Ich
darf also die Entlassung aus dem Arrest für Robert
Wolf ausfertigen, Herr Rath?"

„Thun Sie das, ich will sogleich unterschreiben."

Beides geschah, und die Klingel erschallte wieder;
zum britten und letzten Male trat Robert Wolf in
das Bureau Nummer Dreizehn.

„Herr Wolf, Sie sind frei," sagte der Polizeirath. „Die Banknote wird auf Ihren Wunsch dem
Herrn von Poppen zurückgesandt. Ihre Freiheit erhalten sie nicht auf Fürbitte der Jungfer Eva Dornbluth, sondern weil die Sicherheitsbehörde nach Kennt-
nißnahme der Sachlage es so beschloß. Hier ist das
Attest; was ferner noch hinzuzufügen ist, ist, daß —"

Der Redner unterbrach sich, denn er sah klar, daß der Knabe nicht fähig war, seine Worte zu begreifen. Einen Augenblick starrte Robert wie ein Irrer das Papier an, welches der Rath in seine Hände gelegt hatte; dann stieß er einen rauhen Schrei aus, und ehe ihm Jemand hindernd in den Weg treten konnte, stürzte er mit einem Sprung aus der Thür und war verschwunden.

„Ihm nach, Greiffenberger!" rief der Rath, total außer Fassung gebracht. „Schnell ihm nach, bringen Sie ihn zurück — diesen Tollkopf!"

„Halt, halt!" rief der Schreiber ängstlich, „nicht Sie, Greiffenberger! Herr Rath, ich bitte — der Junge stürzt sich von der ersten Brücke in den Fluß, wenn wir ihn auf diese Art wiederbekommen wollen."

„Aber was soll geschehen? Wir dürfen dieses unbändige Waldthier doch nicht aus den Augen verlieren."

„Wer ist noch im Vorzimmer, Greiffenberger?" fragte der Schreiber.

„Na, Sie wissen — der Schauspieler Schmin-

kert — Julius Schminkert — von wegen einer
Auspfändung. Ich habe ihm schon erklärt, das ge=
höre nicht vor diese Stelle; aber er bleibt ein Narr
und will sich nicht zurechtweisen lassen."

„Schon gut. War der mit dem jungen Men=
schen zusammen draußen?"

„Ja, die ganze Zeit über. Es hätte beinahe
eine Katzbalgerei zwischen ihnen gegeben."

Der Schreiber wandte sich an seinen Vor=
gesetzten:

„Lassen Sie uns den Declamateur hinter dem
Flüchtling herschicken. Ich stehe dafür, er faßt ihn.
Schminkert wohnt mit mir in einem Hause; ich
kenne ihn. Darf ich mit ihm sprechen?"

„Sie haben volle Freiheit. Ich gebe diese Sache
jetzt ganz in Ihre Hand. Rufen Sie den Herrn,
Greiffenberger."

Der Wachtmeister ging, und Julius Schminkert
erschien mit seiner graziösesten Verbeugung:

„Meine Herren, ich habe die Ehre —"

„Keine Phrasen, Blumen und Verse, Julius!"

rief der Schreiber. „Sie haben den Knaben gesehen, welcher soeben aus dem Zimmer stürzte?"

„Haben Sie ihm hier keinen Tritt auf die
Weichtheile versetzt? Nicht? Das wundert mich!
Was beflügelte aber auf solche Weise seine Füße?"

„Dummes Zeug. Eilen Sie dem jungen Menschen nach, Julius; und sollten Sie die ganze Stadt
nach ihm durchlaufen, Sie müssen ihn uns schaffen.
Ich komme Ihnen nach; aber Ihre Beine sind jünger. Zehn Thaler — leihe — ich Ihnen, wenn
Sie den Knaben finden und bewerkstelligen, daß ich
meine Hand auf ihn legen kann."

„Aber —"

„Kein Aber! Eilen Sie; jeder Augenblick ist
kostbar. Denken Sie an die zehn Thaler."

„Zehn Thaler? — Greis, Dein Wort klingt
voll und schwer; — Ich flieg' und schaff den holden Flüchtling her."

Eine Kußhand dem Polizeischreiber zuwerfend,
hüpfte der blaugekleidete Julius dem entflohenen
Knaben aus dem Walde nach.

„Da läuft auch der Narr hinter dem Tollen
her," lachte der Hauptmann. „Sie haben eine selt=
same Bekanntschaft, Fiebiger."

„Es macht sich so, Herr Hauptmann. Darf ich
für jetzt um Urlaub bitten, Herr Rath?"

Der Polizeirath half seinem Untergebenen eigen=
händig beim eiligen Anziehen des Ueberrocks. Der
Hauptmann reichte ihm den Regenschirm. Greiffen=
berger stand erstarrt und erklärte im Innersten
seiner Seele den alten Fiebiger für verrückt — rein
verrückt.

Der Rath Tröster blieb allein mit dem Hauptmann.

„Was denken Sie darüber, Faber?"

„Ich hab's schon gesagt, by Gad, die Polizei=
stube hat ihre Wunder, wie die weite Welt. Ich
muß in's Freie, Eccellenza. Wir treffen uns heute
Abend doch bei Wienand? Ich muß meinen Ame=
rikaner daselbst vorstellen. — Komme mir noch Einer
und behaupte, das alte Europa sei so platt und
glatt geworden, daß es nicht mehr der Mühe lohne,
sich daselbst zu bewegen."

Auch der Hauptmann ging. Die Lampen wurden angezündet in dem Centralpolizeihause; der Rath Tröster vertiefte sich in eine dicke Acte, ein Intriguenstück voll tragischen Inhalts, wenn auch nicht in Jamben geschrieben. Als er dann eine Stunde später den Kopf wieder in die Höhe richtete, sagte er, ohne irgend welchen Bezug auf seine Arbeit:

„Närrische alte Schreiberseele. — Soll mich wundern, was er aus dem Jungen machen wird!"

Drittes Capitel.

Julius Schminkert macht sich nützlich; Robert Wolf macht
die Bekanntschaft eines Wagenrades und einer jungen Dame.

— · —

Wenn ein edles freies Thier Unglück gehabt
hat und in die Hand des Menschen gefallen ist;
wenn es dann, an dem Kasten, in welchem man es
den Augen der gaffenden Menschen vorführt, eine
schwache Stelle, eine lockere Eisenstange bemerkend,
aus seinem qual= und schmachvollen Gefängniß
hervorbricht und in eine unbekannte Welt von
Mauern und Volksgewühl statt in die stille Wüste
und Wildniß seiner Heimath — stürzt; so mag es
ungefähr ein gleiches Bewußtsein seiner Lage haben,
als Robert Wolf in dem Augenblicke, wo er aus

dem Polizeihause auf die Gasse sprang, von der
seinigen hatte.

Besinnung, Ueberlegung, Alles war unterge=
gangen in dem einen thierischen Trieb, um sich zu
schlagen, körperlich sich loszureißen, körperliche Hin=
dernisse zu Boden zu werfen. Es war die höchste
Zeit, daß die so arg gepeinigte Natur des Knaben
sich nach irgend einer Seite hin Luft machte, wie
momentan das auch sein mochte. In solcher Seelen=
stimmung fragt man nicht, was aus Einem werde,
wenn man die Hand erhebt zum tödtlichen Stoß
und Schlag; man wirft die Begegnenden über den
Haufen, läßt sich stoßen und treiben, ohne daß man
es merkt, und rennt — rennt, bis die Lungen die
Brust zersprengen wollen, und die Kniee zusammen=
brechen. Dann kann man sich halb blödsinnig an
eine Ecke lehnen, oder sich zu Boden werfen, sich
anstarren lassen und sich — besinnen.

Der Regen hatte aufgehört, der Nebel war ge=
blieben; im Scheine des Gaslichtes glänzte das
übereiste Pflaster; über den gefährlichen Boden

stürmte Robert Wolf, ohne zu ahnen, daß ihm die
Wendung seines Lebens und Geschickes so nah auf
den Fersen war, und athemlos hinter ihm herkeuchte
in der Gestalt Julius Schminkert's, des declami-
renden Künstlers.

Von dem verblüfften Wachtposten am Thor
des Polizeihauses hatte sich Julius die Richtung,
welche der Flüchtling genommen hatte, andeuten
lassen und folgte ihr mit möglichster Schwung- und
Schnellkraft. An der nächsten Ecke schon traf er
auf einen ältlichen Herrn, welcher sich ärgerlich die
Schulter rieb und Blicke und Worte des höchsten
Mißfallens die Gasse hinabsandte. Diesen Worten
und Blicken konnte Julius ohne Aufenthalt nach-
sausen, ohne fehlzulaufen. Er that es und stieß
an der folgenden Straßenkreuzung auf eine Gruppe,
die sich um einen auf dem Pflaster liegenden Korb
und einen außer sich gerathenen Menschen weiblichen Geschlechts gesammelt hatte. Wiederum,
ohne sich damit aufzuhalten, der belfernden Furiosa
die entfallenen Waaria aufsammeln zu helfen, eilte

Schminkert, die Gleichgiltigkeit des Verfolgten gegen
die Gefühle der begegnenden Menschheit segnend,
weiter und traf noch auf mancherlei Zeichen, welche
klar die Direction angaben, die Robert Wolf genommen hatte, welche aber auch immer klarer be-
wiesen, daß derselbe die Zurechnungsfähigkeit, welche
man von einem polizirten Menschen verlangen kann,
noch lange nicht wiedererlangt habe.

Durch manche Straße, über manchen Platz setzte
der Declamator dem Jüngling, an dessen Fersen ein
Darlehen von zehn Thalern hing, nach, würde aber
wahrscheinlicherweise doch weder des einen noch des
andern habhaft geworden sein, wenn nicht ein Zu-
fall oder, besser gesagt, ein Unfall ihm beides zuletzt
in die Hände geliefert hätte. Daß dieser Unfall
bei dem Seelenzustande Robert's nicht früher eingetreten war, war fast für ein Wunder zu nehmen.

Ein Wagen, der im vollen Rossestrab um die
Ecke bog, setzte dem Lauf des armen Knaben ein
Ziel. Von den Pferden zur Seite geschleudert, von
einem Rade gestreift, verlor Robert Wolf völlig das

5*

Bewußtsein und legte sich langhingestreckt auf das
kalte, mit Eis überzogene Pflaster.

Welche Bewegung solch ein Fall in den Gassen
einer größern Stadt hervorruft, wird Wenigen un=
bekannt sein. Eine Volksmenge hat sich um den
Wagen und den Verunglückten versammelt, als sei
sie durch Hexenwerk aus dem Boden aufgestiegen.
Man fällt dem entsetzten Kutscher in die Zügel;
Weiber schlagen kreischend die Hände über den
Köpfen zusammen; Männer fluchen und schreien
nach der Polizei; die Polizei aber hat die größte
Mühe, die schreckensbleichen Insassen des Wagens
vor thätlichen Beleidigungen zu schützen. Vor
Worten und Gesten kann sie dieselben nicht schützen.

Julius Schminkert kam auf der Unglücksstätte
grade zur rechten Zeit an, um dem Spectakel die
Blüthe abzubrechen und sich des unter den Fäusten
mehrerer gutmüthigen Weiber in's Leben zurückge=
rufenen Robert zu bemächtigen. Den Arm des
niedergeworfenen Knaben aus dem Walde haltend,
schickte sich der Declamator eben an, pathetisch gegen

die in donnernden Carrossen über die Leichen des
Plebejerthums wegraffelnde Aristokratie und Pluto-
kratie loszulegen, als ihn ein Blick auf den Wagen
bewog, den Strom der beredten Rede durch ein
krampfhaftes Niederschlucken zurückzudrängen und,
grob und deutsch gesagt, das Maul zu halten.

Aus dem Wagenfenster beugte sich das lieblichste
Mädchengesicht, bleich vor Schrecken und Entsetzen.
Eine unbeschreiblich winzige Hand im weißen Handschuh mühte sich vergeblich, zitternd ab, den Schlag
zu öffnen, und große angstvolle Augen baten flehent-
lich die Menge um Erbarmen.

Ein fetter Commerzienrath, eine alte verrunzelte
Gräfin hätten das angerichtete Unheil noch so tief
empfinden und bedauern können; so rührend wie
dieses junge, der Ohnmacht nahe Kind hätten sie
nicht ausgesehen und also auch nicht solchen Eindruck
auf die Stimmung und die Gefühle Julius Schminkert's und des übrigen Volkes gemacht.

„Erlauben Sie, mein Fräulein, ängstigen Sie
sich nicht!" rief der Declamator, höchst dienstbeflissen

ben Wagenschlag öffnend und der jungen Dame die
Hand zum Aussteigen bietend. „Sie würden am
besten thun, wenn Sie sitzen blieben," fügte er hinzu,
„es hat wirklich nichts zu sagen — eine kleine
Schramme — der Tölpel wird sogleich wieder auf
den Füßen stehen und Ihnen die Hand küssen."

„O nein, nein! Bitte, lassen Sie mich aussteigen, — lassen Sie mich selbst sehen! — o, es
thut mir so leid!"

Schon stand sie im Schein des Laternenlichtes
auf dem kalten, nassen Pflaster, stumm angestarrt
von der eben noch so drohenden, so wilden Menge.
Die Lieblichkeit und Zartheit der Erscheinung und
ihre schmerzvolle Angst bändigten die rohesten Ge-
müther im Haufen, und der muthwilligste Schuster-
junge unterbrach sein Pfeifen und Geschrei und
hatte eine Ahnung davon, daß es ein edel Ding
sei um die Schönheit.

Während der bepelzte Kutscher dem auf dem
Schauplatz des Unglücks erschienenen Mann der
öffentlichen Sicherheit Bericht gab über das Ge-

schehene und erklärte, daß dieser Wagen dem Banquier Wienand gehöre, und daß die junge Dame
Fräulein Helene, die Tochter des Banquiers, sei,
wagte Fräulein Helene selbst die wenigen Schritte,
welche sie von dem armen Robert Wolf trennten,
und Letzterer, die Augen öffnend, sah dicht vor sich
das süße Wesen, sah in die treuen, guten, mitlei-
digen Augen des Kindes; und in den Schmutz, das
Getümmel der Gasse hauchte es hinein, als habe der
Wind im vergangenen Frühling den duftigen Athem
einer blühenden Waldwiese der Heimath aufgenommen und irgendwo aufgehoben, um ihn in
diese Stunde zu tragen. Das Geflacker der unruhigen Gaslaternen ward zu dem ruhig leuchtenden
Goldglanz, in welchem die alten Maler ihre Engel
der Verkündigung niedersteigen lassen. Es war
freilich auch tiefes Mitleid und Mitgefühl in dem
Auge des alten zerlumpten Weibes, welches den
Kopf des Knaben aus dem Walde im Schooße
hielt und seinen Tragkorb voll Knochen, Glas-
scherben und rostigem Eisen achtlos dem öffentlichen

Ehrgefühl anvertraute; aber die schwache Menschen=
natur sieht nun einmal das Gute am liebsten in
Verbindung mit dem Schönen, und weiß es dann
am besten zu würdigen, wenn es in anmuthiger
Hülle kommt. Die Hilfleistung der alten schmu=
tzigen Lumpensammlerin nahm Robert Wolf hin,
ohne ihr großen Dank dafür zu wissen; die junge
elegante Dame aber erschien ihm wie der Engel der
Barmherzigkeit selbst, und als sie sich zu ihm nieber=
beugte und zitternd die zitternde Hand, die er gegen
sie ausstreckte, berührte, da wünschte er, trotz Eva
Dornbluth, in alle Ewigkeit so auf dem Straßen=
pflaster zu liegen in halber Bewußtlosigkeit und in
solche glänzende, thränenvolle Augen zu blicken.

„O, wie schrecklich ist das! O, wie leid thut
es mir! Fühlen Sie viel Schmerzen?" rief Helene
Wienand, und ihre Stimme war gleich ihrer Ge=
stalt lieblich und harmonisch. Wie Musik schlug sie
an das Ohr Robert's; er konnte nichts, als den
Kopf auf die ängstlichen Fragen schütteln und die
Fragerin anstarren. In einer seltsamen Phantas=

magorie war er befangen; die durch den vorherge=
gangenen Sturm abgespannten Nerven zitterten aus
in einem physischen und psychischen Herzklopfen,
während welchem das Bewußtsein von Raum und
Zeit fast vollständig verloren gegangen war. Die
Gestalten von Eva Dornbluth, dem Herrn von
Poppen, den verschiedenen Polizeibeamten tanzten
zwar noch einen gespensterhaft unheimlichen Reigen
durch das Gehirn des Knaben; aber ihre Umrisse
waren schattenhaft und verwirrt, und flossen so sehr
ineinander, daß keine Gestalt sich recht von der
andern ablöste, sondern Alles nur ein häßliches
Gemisch und Gewirr war. Auch das Getümmel
des ihn umgebenden lärmenden Volkes trug dazu
bei, diese vor Kurzem noch so inhaltvollen Figuren
in der Seele Robert's in solcher Weise aufzulösen
zu farblosen Schemen. In den dunkeln, sternleeren
Nachthimmel, in welchen das röthliche Leuchten der
großen Stadt hinaufschlug, blickte er, und aus
diesem dunkeln Hintergrunde trat in diesem Moment
einzig und allein die zarte Gestalt und das liebliche

Gesicht Helene Wienand's klar und deutlich hervor,
nahm alle Gedanken des Knaben für sich in Anspruch und fing sie in dem Schleier, welchen sie von
dem Rosahütchen zurückgeschlagen hatte, und in den
Löckchen, die unter eben diesem Hütchen so üppig
hervorquollen.

Aber der magische Augenblick, die Verzückung
verging blitzschnell. Durch die immer mehr anwach-
sende Menge drängte sich der Polizeischreiber Fiebiger, welchen ein dumpfes Gerücht: in der Glocken-
straße sei ein junger Mensch von einem Wagen total
gerädert worden, — richtig zur Stelle geführt hatte.
Der praktische Polizeischreiber brach den Zauber zuerst dadurch, daß er nach einem Wundarzt rief, worauf ein wohlbeleibter behaglicher Herr in einem
warmen Mantel, vom Schreiber und mehr als
Einem in der Menge als „Doctor Pfingsten" be-
grüßt, hervortrat und sich mit einem vertraulichen
Nicken gegen Fiebiger und einem freundlich beruhi-
genden Gruß gegen das Fräulein zu Robert Wolf
herniederbeugte.

Nach einer kurzen Untersuchung that er den Ausspruch: „Subject möge versuchen, sich auf den status quo, nämlich seine beiden Beine, zu stellen."

Unterstützt von mehreren hilfreichen Händen erhob sich Robert Wolf von der Erde und aus dem Schooß der alten Kehrichtdurchwühlerin, und ging mit einigen unbedeutenden Schrammen und Quetschungen, einigen sehr bedeutenden Rissen in Rock und Hosen und ungemein strubbligem Haar aus dem Unglück hervor.

Fräulein Helene schlug mit einem kindlich jauchzenden Freudenschrei die Hände zusammen; der Schreiber nahm beruhigt eine Cigarre hervor; nur Julius Schminkert schien das Wohl und Wehe des „uncivilisirten Geschöpfes," dessen Einfangung ihm übertragen worden war, ganz gleichgiltig zu sein. Er hatte sogar die versprochenen zehn Thaler Wildfangsgeld, er hatte die Tochter eines barbarischen Vaters, Fräulein Angelika Stibbe, vergessen. Die Hand drückte er auf die Stelle, wo er das Herz vermuthete, nämlich die Stelle, wo gewöhnlich die

Milz zu suchen ist, starrte unverwandt auf Fräulein
Helene Wienand und murmelte etwas von „Herz-
schlag mit Hochdruck, Sternenaugen und compri-
mirtester Wehmuth." Die Augen verdrehte und
schloß er gleich einem Automat mit mangelhafter
Mechanik und seufzte:

„Perennirender Eindruck!"

Nicht den vorübergehendsten Eindruck machte er
jedoch durch solches Gebahren auf die junge Dame.
Sie hatte noch nicht den geringsten Begriff davon,
daß ein Mensch ihretwegen die Augen verdrehen
könne, — eine sehr seltene und recht klägliche Unwissenheit bei dem schönsten Geschlecht aller Zeiten,
dem schönen Geschlecht der so äußerst gescheidten und
unterrichteten Jetztzeit.

„Guten Abend, Fiebiger; — Ihr Diener, Helene.
Nun, junges Fräulein, wollen wir jetzt über die
Leiber unserer Mitmenschen fahren, wie wir dem-
nächst über ihre Herzen fahren werden? Beruhigen
Sie sich, liebstes Kind, dem Bengel ist kein Schaden
geschehen. Schnell wieder in Ihren Wagen; oder

es setzt einen Katarrh der Nasenschleimhäute, oder gar eine Grippe, für welche ich dem Papa dann verantwortlich bin. Man darf die Männer der Börse in diesem Jahrhundert nicht ärgerlich machen; steigen Sie ein, Fräulein Wienand; ich wollte, meine Gliedmaßen wären in so gutem Zustande, wie die des Jungen hier. Steigen Sie ein, und nehmen Sie mich mit. Sie fahren doch nach Haus, he?"

Helene bejahte die Frage des Arztes; aber sie zögerte noch, den Fuß auf den Wagentritt zu setzen. Ihr Blick schweifte immer noch mit tiefem Bedauern zu Robert Wolf hinüber.

„Nun? eh?!" machte der Arzt, und Helene flüsterte ihm etwas in das Ohr, indem sie ihm zugleich verstohlen ihre Börse in die Hand gleiten lassen wollte.

„Aha," brummte der Arzt. „Was ist da zu flüstern? Geben Sie, ich will schon —"

„Lassen Sie, ich bitte, Herr Sanitätsrath," sagte aber schnell Fiebiger. „Der junge Mann steht unter meinem Schutz und gehört mir an."

„Das ist etwas Anderes. Bitte um Entschuldigung. Guten Abend, Fiebiger. Steigen Sie ein, Helene; hier ist Ihre Börse zurück."

Jetzt trat das junge Mädchen, Schreckhaftigkeit und Schüchternheit niederkämpfend, ganz muthig auf Robert zu:

„Es thut mir so leid, — ich — ich — "

Der ungeduldige Arzt hob die zarte Gestalt fast mit Gewalt in den Wagen, ehe sie ihre Rede vollenden konnte.

Er stieg ihr auch sogleich nach und schlug den Wagenschlag zu:

„Fort nach Haus, Johann, Du unvorsichtiger Tolpatsch."

Polizeimann Schnaubert steckte die Brieftasche mit den dienstlichen Notizen über den Fall in die Brusttasche, berührte mit der Hand den Mützenrand gegen den Polizeischreiber und trat zurück unter den Chor des Volkes. Die Pferde zogen an. Noch einmal blickte ein bleiches Gesichtchen aus dem Wagenfenster auf die Unglücksstelle. Der Wagen

rollte um die Ecke, und die Menge, welche zum
größten Theil jetzt bedauerte, daß die Geschichte so
gut abgelaufen und das Schauspiel so schnell zu
Ende sei, zerstreute sich. Der Polizeischreiber, Robert
Wolf und Julius Schminkert blieben allein zurück
in einer kleinen Schaar hartnäckiger Maulaffen.

Eine Seele ist geschieden vom Leibe, das schwere,
mühselige Erdenleben liegt hinter ihr. Durch das
Weltall sucht sie ihren Weg dahin, woher sie
stammt. Aber das Weltall ist dunkel; das Licht
klebt nur, wie wir wissen, an den capriciösen
Bällen, welche durch die ewige Finsterniß ihre räth=
selhaften Bahnen gehen. Die arme Seele ist rath=
loser auf diesem Wege, als auf irgend einem andern,
welchen sie auf Erden zwischen weltlichen und geist=
lichen Gewalten, Ver= und Geboten jemals wan=
delte. Schwankende Zustände mag sie auch auf
ihren Erdenwegen gekannt haben; aber das war
doch Alles nichts gegen die Schwierigkeiten, welche
sie jetzt vor sich findet. Durch die ewige Nacht
wirbelt sie, wie ein Blatt im Winde, und erkennt

die ganze schreckliche Bedeutung des horror vacui.
Sie fängt an zu bedauern, daß die Seelen nicht
auch, dem Lichte gleich, bloß an den Körpern
kleben; — da — plötzlich — fällt ein Schein auf
ihren Pfad, ein Glänzen geht blitzschnell vor ihr
vorüber, und in dem Glanz ein prachtvoller weißer
Engel, ein glänzender Schmetterling der Unsterb=
lichkeit, ein echter Paradiesvogel. Verschwunden ist
das Leuchten, wie es kam; aber die arme irrende
Seele hat wenigstens den Glauben wiedergewonnen,
daß es wirklich einen Weg zum Himmel gibt.

Ein ähnliches Gefühl erfüllte nochmals einen
kurzen Augenblick hindurch die Seele Robert Wolf's,
nachdem der Wagen, welcher Helene Wienand von
dannen führte, um die Ecke verschwunden war.
Dann gewann die vorige Verworrenheit und Dunkel=
heit von Neuem die Oberhand, und der Polizei=
schreiber Friedrich Fiebiger war für das Wohl des
jungen Mannes für's Erste ein bei Weitem wichti=
gerer Factor, als alle Lichterscheinungen, Engel und
Heilige in und über der irdischen Welt.

Sanft nahm der Schreiber den Arm des Knaben und sagte:

„Wir wollen nicht hier in der Gasse zum Ergötzen der unbeschäftigten Menschheit stehen bleiben, Robert. Kommen Sie!"

Verwundert blickte der Angeredete den Alten an:

„Ich soll mit Ihnen gehen? Was wollen Sie von mir? Sie haben mich ja freigelassen, oder nicht?! Sind Sie nicht der Mann aus der Polizeistube?"

„Das kann ich leider nicht leugnen, wie gern ich es auch möchte," sprach der Schreiber lächelnd.

„Achtungswerthe Stellung von etwas penetrantem Duft umhaucht!" brummte Schminkert drein; aber Fiebiger fuhr fort:

„Nehmen Sie an, ich sei Ihr Freund, Robert Wolf — der Freund Ihres Vaters."

„Mein Vater hatte keine Freunde, und ich habe auch keine. Der Pastor Tanne ist todt."

„Ueber Alles das wollen wir später mehr sprechen; jetzt bitte ich Sie, Robert Wolf, mir zu

folgen. Sie werden doch nicht einem alten Manne
und Landsmanne, der Ihnen ein Obdach und Nacht=
essen anbietet, sein gutgemeintes Wort vor die Füße
zurückwerfen?"

„Seid kein Narr, edler Fremdling, crasses Bei=
spiel moralischer und socialer Uebel," mischte sich
Julius wieder in's Gespräch. „Ich kenne Leute,
welche für ein Nachtessen ihre Seele dem Teufel
verkaufen würden. Werft auf die Banner, schmettern
laßt Posaunen; die Mitwelt soll, es soll die Nach=
welt staunen — nämlich über den Appetit, welchen
ich an dem gastfreien Tische dieses hochherzigen
Bureaukraten, der mir, beiläufig gesagt, zehn Thaler
schuldig ist, entwickeln werde."

Der Polizeischreiber warf einen bedenklichen
Blick auf den Redner, dann wandte er sich von
Neuem an Robert:

„Sie als Schüler des Pastors Tanne müssen
ja wissen: levis est dolor, qui capere consilium
potest, leicht ist der Schmerz, der noch auf guten
Rath hört. Sagt nicht so der Hofphilosoph des

Nero, der kaiserliche wirkliche geheime Hofrath, Prinzenerzieher und Professor Lucius Annäus Seneca? Was meinen Sie, Wolf; wie wäre es, wenn Sie versuchten, jetzt guten Rath anzunehmen? Starren Sie mich doch nicht so eulenhaft an; ich will Ihre Seele weder kaufen noch verkaufen."

„Herr, — ich — ich —"

„Ich wäre ein Esel und nichts mehr, wenn ich einem alten Mann seine Bitte, einen Abend bei ihm zuzubringen, aus grundlosem Trotz abschlagen würde. Kommen Sie, Sie holen sich sonst bei Ihrem aufgeregten Zustand noch eine Erkältung von dieser Stelle."

„Ich erkälte mich nicht!" sagte Robert.

„Desto besser für Sie, junges Blut. Ich aber würde mir durch längeres Verweilen einen tüchtigen Rheumatismus in dem Schreibearm zuziehen, und das ist ein bedenklich Ding in dieser schreibenden Zeit."

Das Ende dieses Hin- und Hersprechens war, daß Robert Wolf die kalte Nacht nicht obdachlos und verlassen in den Straßen zubrachte, sondern daß er zwischen dem Declamator und dem Schreiber der Behausung derselben zuwanderte. So abge= spannt und zerschlagen an Geist und Körper war er geworden, daß er sich zuletzt willenlos und gleich= giltig dem überließ, was ihn schob und führte, und daß er die Verantwortung für sein armes Leben, seine todmüde Seele ganz und gar den Leuten an= heimgab, welche sich damit befassen wollten.

„Sie sind doch ein sonderbarer alter Kauz, Fie= biger," meinte Julius Schminkert. „Was wollen Sie nun mit diesem schlaftrunkenen Jungen, der jetzt im Gehen vollständig schläft, beginnen. Wollen Sie einen Handel mit fremden Lumpen anfangen? Ein Taschendieb, der in Ihrer Tasche nach dem Taschentuch suchte, würde mehr als eine Grille und Unbegreiflichkeit damit hervorziehen."

„Einheimische Lumpen haben wir freilich über= genug," meinte der Alte lächelnd. „Daß Sie aber ein großer Mann, ein Weiser, ein Denker und eine Zierde der Gesellschaft sind, hat noch Niemand geleugnet."

Das Lächeln des Schreibers verstand der Denker Julius Schminkert nicht im Mindesten, obgleich es viel heller war als das Licht der Gaslaterne, welche eben das faltenreiche Gesicht des Polizeischreibers beleuchtete. So hielt er sich denn an das Factum der gewonnenen zehn Thaler und war glücklich im Bewußtsein des Besitzes; denn zehn Thaler in der Hand eines Thoren können mehr Vergnügen gewähren, als eine Million in dem Geldschranke eines Weisen.

In der Musikantengasse Nummer Zwölf wohnten, wie gesagt, der Schreiber Fiebiger und Julius Schminkert in ein und demselben Hause, und viel Volk wohnte mit ihnen darin.

Es fing wieder an zu regnen; der Nordwind machte sich von Neuem auf, als wolle er seine Rasirmesser an der Welt schärfen; Robert Wolf aber ward nach dem wildesten Tage seines Lebens glücklich — unter Dach gebracht.

— ---

7

Viertes Capitel.

Treffliche Beschreibung des Hauses in der Mufikantengaffe und des Polizeifchreibers Fiebiger im Schlafrocke.

Das Haus Nummer Zwölf, welches der Schreiber in der Mufikantengaffe bewohnte, ließ fich fehr gut mit gewiffen Menfchen vergleichen, die nüchtern, kalt und abgefchliffen in ein abgefchliffenes Leben hinausbliden, und deren Inneres originell, warm und voll curiofer Eden und Winkel ift. Diefen Charakteren hat die Gefellfchaft eine Maske aufgelegt, und eben eine folche Maske trug das Haus Nummer Zwölf.

Es war eigentlich ein altes Gebäude voll wunderlicher Baumeifterlaunen längft verloren gegange-

ner Architekturwissenschaft. Aber über seine Fronte
hatte die Zeit, die ebenso eine Zunge hat, wie sie
Zähne besitzt, weggeleckt und Alles schön modern
grade gestrichen, bis an das Dach hinan. Aehnlich
war es allen andern Gebäuden der Musikantengasse ergangen; aber darum blieb die Gasse nichts-
destoweniger alt, und die Häuser blieben auch alt,
und aus den Fenstern der Hinterseiten sah man in
die tollste Welt von schwarzen Höfen, Giebeln,
Brandmauern und Schornsteinen, — ein rauch- und
dunstüberhängtes Durcheinander, in welchem der
höchste Punkt in der Nähe der Giebel eines halb-
abgebrochenen Klostergebäudes war, dessen noch er-
haltene Räume, bis auf den genannten Giebel, zu
Waarenlagern und Werkstätten eingerichtet waren.

In diesem Giebel hatte seine Wohnung und
sein Observatorium Heinrich Ulex, ein halb autobi-
daktischer Sterngucker.

Wir steigen jetzt in Nummer Zwölf der Musikantengasse naturgemäß von unten nach oben. Im
Parterre wurde der Fortschritt des neunzehnten Jahr-

hunderts durch das Atelier des tailleur de Paris
Alphonse Stibbe repräsentirt, und elegantes Mit-
chaffiren mit der Zeit und der französischen Novel-
listik durch die schöne Tochter des Künstlers, Fräulein Angelika Stibbe. Das erste Stockwerk bewohnte
eine ungemein vornehme, wohlbeleibte Angorakatze
nebst einer magern, jungfräulichen, ältlichen Dame,
Tochter eines kurz nach den Befreiungskriegen an
Apoplexie gestorbenen Proviantcomissärs, Fräulein
Aurora Pogge, eine Art weiblichen Varnhagen von
Ense's der Musikantengasse. Im zweiten Stock vege-
tirte der Hauseigenthümer, Herr Mäuseler, ein kin-
derloser, beschaulicher Wittwer, welcher den größten
Theil des Tages mit halbem Leibe aus dem Fenster
hing, der aber in sich selber wenig zu beschauen
hatte, und der mit den glücklichen Völkern das Loos
theilte, daß wenig über ihn zu sagen ist. Im dritten
Stockwerk hauste der Polizeischreiber Fiebiger, und
neben ihm war der Jüngling mit der beflügelten
Seele, Julius Schminkert, selten —'zu Hause.

Zu diesem Hause Nummer Zwölf gehörte außer-

dem eine Hofwohnung, aus welcher zwei fleißige
Hämmer vom frühen Morgen bis spät in die Nacht
klangen. Auch Sägen und andere Tischlerwerkzeuge
ließen sich da her vernehmen, und dazwischen er-
tönte eine helle, frische Mädchenstimme und das
Zwitschern eines Kanarienvogels. Die Schreiner-
familie Tellering, bestehend aus Vater, Mutter,
Sohn und Tochter, war ein herzerfreuendes
Zeichen, daß auch die dunkelste Wohnung mit der
Aussicht auf den engsten, schmutzigsten Hof den
echten, rechten Lebensmuth nicht zu ersticken vermag;
und Ludwig und Louise Tellering gehörten unzwei-
felhaft zu den liebenswürdigsten Erscheinungen im
Hause Nummer Zwölf der Musikantengasse.

Unerwachsene Kinder gab es in diesem Hause
leider nicht, dafür aber desto mehr davon in den
nachbarlichen Wohnungen; es war sehr gut, daß
sie nicht in der Luft tanzen konnten, wie ein Mücken-
schwarm, sie hätten sonst die Passage der Musikantengasse zu einem sehr gefährlichen Unternehmen gemacht. Ratten und Mäuse waren im Ueberfluß

vorhanden, und ein Eulennest wurde vor Kurzem
erst, nachdem es eine geraume Zeit hindurch all-
nächtlich einen großen Theil der Inquilinen in
Bangen, Schrecken und Gespenstergrausen gestürzt
hatte, in einem alten vermauerten Schornstein durch
Ludwig Tellering und den Polizeischreiber Fiebiger
entdeckt und zum großen Mißmuth des letztern
schadenfrohen Herrn ohne Gnade expropriirt. Wir
erwähnen noch eine wechselnde Bevölkerung von
Ausläuferinnen, Schneidergesellen und unglücklichen
Lehrjungen im Erdgeschoß, eine grämliche Magd,
die sich Hulda nennen ließ, im ersten Stock; eine
überaus milde, durchsichtige Haushälterin, Frau
Krieg, die dem Rentier Mäuseler das Leben erträg-
lich machte, und zum Beschluß den Geist im weiß
und schwarzen Mönchsgewande, welcher nächtliche
Streifzüge von dem alten Kloster des heiligen Nikolaus her in das Haus Nummer Zwölf unternehmen sollte, und von Fräulein Aurora Pogge mit
dem vergrabenen Klosterschatze, von Fräulein Angelika Stibbe aber mit einer blutigrothen Liebes-

geschichte in Nummer Zwölf in Verbindung gebracht wurde: damit schließen wir unsere Liste der
Hausbewohner, behalten uns aber natürlich vor,
eine Million interessanter Einzelheiten über sie an
den betreffenden Stellen einzufügen.

Dunkel, feucht und eng war die Hausflur, über
welche Robert Wolf von dem Polizeischreiber und
Julius Schminkert geführt wurde; dunkel war der
Blick, welchen der Tailleur aus seinem gasbeleuch-
teten Atelier auf den Declamator warf, tief und
dunkel war das Auge Angelika's, welches aus einer
andern Pforte dem leichtsinnigen Julius entgegen-
blitzte. Die steile Treppe hinauf mußte Robert
Wolf mehr geschleift und getragen als geführt
werden, und das dadurch entstehende Gepolter be-
schwor auf den Treppenabsatz wenn auch nicht den
gespenstischen Mönch, so doch eine nicht viel weniger schreckliche Erscheinung, Fräulein Aurora Pogge
mit einer Küchenlampe. Ahnte sie, daß ein neuer
Charakter für ihr Memoirenbuch am Horizont des
Hauses Nummer Zwölf aufging? Menschenfeind-

lichen Blickes betrachtete sie den mit dem Schreiber
an ihr vorüberschwankenden Robert und beklagte
sich nachher bitterlich bei dem Hauseigenthümer dar=
über, daß man solch wild, wüst und vagabondenhaft
aussehende, verdächtige Individuen bei „nachtschla=
fender" Zeit in Häuser einführe, wo allein=
stehende und schlafende Damen und schutzlose Jung=
frauen mit Allem, was sie um und an sich hätten,
den Gelüsten jedes verwegenen Verbrechers aus=
gesetzt seien, wie die Gerichtszeitung „tagtäglich"
durch haarsträubende Berichte und Beispiele gräßlich
der Welt vor die Augen stelle. Der beschauliche
Hausherr jedoch, als er vernahm, daß der Polizei=
schreiber bei der Sache betheiligt sei, wurde in der
Ruhe des sichern Bürgers nicht aufgestört durch
diese Klagen. Der Herr Fiebiger gehörte ja der
Polizei an, und somit der allein infallibeln Macht
und Autorität auf dieser Erde, und dem Schutze
und der bessern Einsicht dieser Macht darf, kann
und muß man Alles, was man hat und ist, kind=
lich vertrauend anheimstellen.

Brummend zog sich Fräulein Aurora Pogge in ihre jungfräulichen Gemächer zu ihrer Katze, ihrem Tagebuch und ihrer Magd zurück; während der Particulier Mäuseler eine frische Pfeife stopfte und sich glücklich und sicher in dem Bewußtsein fühlte, daß andere Leute für ihn dachten und handelten; als deutscher Mann und freier Bürger fühlte er sich in dem Bewußtsein, daß ihn zum Denken und Handeln Niemand zwinge.

„Himmlische Augen, wunderbare Augen — schwarzes Meer — bodenlose Tiefe — ewiger Untergang!" murmelte Julius, während der Schreiber in seinem Stockwerk nach dem Schlüsselloch tastete; wir wollen uns aber nicht mit der Gedankenreihe beschäftigen, welche der Declamator durch diese Ausrufe und Bilder zum Abschluß brachte, nur das wollen wir sagen, daß sie sich längst nicht mehr auf Helene Wienand bezogen.

Der Polizeischreiber fand das Schlüsselloch, Robert trat in die Behausung seines Führers, seine neue Heimath. Schminkert folgte, recitirend:

„O Venus Cypria, den kleinen Fuß
Soll sie mir setzen auf den stolzen Nacken,
Und höher trag das Haupt ich als ein König."

In Prosa setzte er hinzu:

„Können Sie die Lampe nicht finden, Alterchen; oder liegt's an den Schwefelhölzern? Ordnung, Ordnung, Mann der Ordnung! Wie oft soll ich Ihnen das sagen? Ordnung ist die Hauptsache im menschlichen Leben, das sehen Sie deutlich an mir. Aha, — endlich! Licht wird's, und aus dem Chaos steigt die Welt."

„Hier sind die versprochenen zehn Thaler," sagte der Schreiber. „Nun packen Sie sich auf der Stelle, Julius, und kommen Sie nicht eher heim, bis das Geld den Weg Ihrer übrigen Besitzthümer gewandelt ist. Hier — nehmen Sie! — nun, warum nehmen Sie nicht?"

Der Declamator wies mit einer majestätischen Handbewegung die dargebotenen Banknoten weit von sich, warf die Augen „graß in einen Winkel," wie der Major von Walter in Cabale und Liebe,

blickte dann „fürchterlich zum Himmel," wie der=
selbe unzurechnungsfähige Major, und sagte mit den
hohlsten Brusttönen, die er aufbieten konnte:

„Pieseke, wie kommen Sie mir vor?!"

„Was fällt Ihnen ein? Nehmen Sie, und fort
mit Ihnen!"

„Weder das Eine noch das Andere, Greis. Sie
sind ein großartiger Charakter, Fiebiger; aber Julius
Schminkert wird Ihnen an Erhabenheit nicht nach=
stehen. Ihr schnödes Gold erlaube ich mir mit
legitimer Indignation zurückzuweisen; aber ein steifes
Glas Grog wollen wir uns und diesem Jüngling
brauen, Alter; und ich will Euch das neueste Cou=
plet vom Thaliatheater singen; trinken wollen wir
auf die Tugend, Schönheit und Gesundheit des En=
gels, welcher diesen Sohn der Wildniß mit seinem
Flügelschlage auf das Pflaster warf. Trinken wollen
wir und — Hölle und Teufel, was soll —"

Der Polizeischreiber hatte mit einer Kraft,
welche man ihm nicht zugetraut hätte, den Komö=
dianten an den Schultern genommen und ihn mit

unwiderstehlicher Gewalt zur Thür hinausgedreht.
Eilig schob er hinter dem mundfertigen Künstler den
Riegel vor und sagte energisch:

„So!"

Draußen ein ärgerliches Gebrumm, untermischt
mit pathetischen Tiraden aus den Werken einheimi-
scher und fremder Dramatiker! Nun ging dieses
Fluchen und Declamiren in ein höhnisches Pfeifen
über, dieses in eine lustige Opernmelodie, und diese
in ein Lied, in welchem der Dichter und Julius
Schminkert die Alles in Allem doch so ernste Welt
aufforderten, dem Trübsinn und der Trauer ein
Schnippchen zu schlagen, die silbernen Becher anzu-
klingen und zu leeren auf das Wohl einer gewissen
romanischen und romantischen Dame, Tochter eines
hohen römischen Würdenträgers, welche sich, wie es
schien, in politischen Angelegenheiten zu Venedig
aufhielt, da es in dem Liede an geheimnißvollen
Anspielungen, Lagunen, Mondschein und Gondeln
nicht fehlte.

Dieser Gesang entfernte sich die Treppe hinunter,

drang zu den schläfrigen Ohren des Particuliers Mäuseler und seiner Wirthschafterin, ärgerte das Fräulein Pogge und fand einen sympathischen Nach- und Wiederhall nur in dem zarten Busen Ange- lika's, welche belesene junge Dame sich ganz dafür geeignet fühlte, ebenfalls die Tochter eines Cardi- nals zu sein und auf den Lagunen im Monden- schein in einer Gondel zu schweben. Ihr tragisches Ende fand die Arie erst an der nächsten Straßen- ecke, wo der talentvolle Sänger Don Julio Schmin- kertino auf dem Glatteis ausglitschte und sich mit schmerzlichem Nachdruck auf einen unnennbaren, aber durchaus nicht transcendentalen Körpertheil setzte.

Wenn wir noch einmal über die Schulter nach ihm hinblicken, so bemerken wir, daß er sich — nicht die Stirn reibt. Wir überlassen ihn für jetzt seinen Gefühlen, die wir leider in des Wortes höchst mate- riellster Bedeutung nehmen müssen, und sprechen von dem Polizeischreiber Fiebiger in seiner Wohnung und in seinem Schlafrocke.

Raabe: Die Leute 2c. 7

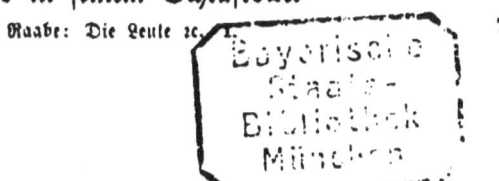

Kaltgewordener Tabacksrauch ist noch eine der
geringern Qualen, denen das Weib des neunzehnten Jahrhunderts ausgesetzt ist, wie zwischen den
Zeilen mehr als einer schriftstellernden Makarie zu
lesen ist.   Die Natur des alten Polizeischreibers
hatte viel vom Duft des kaltgewordenen Tabacks-
rauchs, und sein Zimmer nicht weniger.   Eine über
und über mit Pfeifen von allen Formen und Größen
behängte Wand bestätigte, daß der Alte ein eifriger
Feueranbeter und Verehrer des stinkgiftigen Krautes
sei. An der entgegengesetzten Wand fiel ein Bücherbrett in's Auge: die römischen Autoren in der Ur-
sprache, die Griechen in Uebersetzungen, deutsche,
englische und französische Dichter und Philosophen
in unvollständigen Exemplaren waren hier aufgestellt.

Auf den ersten Blick sah man dieser Bücher-
sammlung an, daß sie allmälig beim Antiquar und
in Versteigerungen zusammengekauft war, und daß
viele Jahre darüber hingegangen waren, ehe sich die
mehr oder weniger zerlesenen Bände an dieser Stelle
zusammengefunden hatten.

Das zweifenstrige Gemach war bedeutend länger als breit, und eine Glasthür führte in eine fast noch längere und schmälere Kammer, aus der man die schöne Aussicht auf die Höfe und Hintergebäude der Musikantengasse und auf den Giebel des Sternsehers genoß. In der Stube befanden sich einige Stühle, welchen man ebenfalls den Tröbelmarkt ansah, ein zerlumptes Sopha, ein runder Tisch, ein Schreibtisch und ein Spiegelembryo, der nur beim hellsten Wetter zu gebrauchen war, und welcher dann doch noch dem schönsten Mädchengesicht die verschobenste Fratze zugeschnitten hätte, wenn eins hineingelächelt haben würde. In der Kammer stand ein schlechtes hartes Bett, ein Stuhl, ein Nachttisch und ein Kleiderstock. Eine Thür führte in eine leere zweite Kammer.

Wir notiren das Mobiliar der ganzen Wohnung nur deshalb gleich einem Auctionscommissarius, weil wir die Originalität des Bewohners nicht dadurch hervorheben wollen, daß wir ihn in eine originelle Umgebung versetzen. Kleider machen nicht

7 *

immer Leute, den Menschen erkennt man nicht immer
an seinem Umgange, nicht immer ist ein Genie
nachlässig in seinem Aeußern, und es kann Sonderlinge geben, die nicht mehr einen Zopf dem zwan-
zigsten Jahrhundert entgegentragen, und die sich
durch nichts Auffälliges von den übrigen Menschen
abheben.

Man sagt und klagt, die Sonderlinge — die
spaßhaften Menschen, über die man sich so gern
amüsirte — verschwänden allmälig ganz und gar,
und hält auch das für ein Zeichen, daß die Welt
und Zeit immer flacher werden. Ein großer Theil
der Leute, welcher von dem Sterngucker Ulex weiß,
möchte ihn gern unter Glas und in Spiritus
setzen, sammt dem alten Giebel vom Nicolaikloster,
um Beides so lange als möglich zu conserviren.
Sollte sich die Originalität in jetziger Zeit vielleicht
nicht mehr auf die innern Theile einzelner Bevor-
zugter werfen?

Für das Innerliche hat die Menschheit niemals
ein sehr scharfes Auge gehabt, und wir wollen ihr

keinen Vorwurf daraus machen; denn die Winter
sind kalt, die Kartoffeln mißrathen sehr häufig, und
man hat seine liebe Noth mit den Regierungen,
den Weibern und Kindern. Achtung oder Du er=
frierst! Achtung oder Du verhungerst! Achtung oder
man stellt Dich unter polizeiliche Aufsicht! Achtung
oder die Frau zieht den Pantoffel vom Fuß! Ach=
tung oder Deine Tochter kriegt keinen Mann! —
Zum Teufel mit der Innerlichkeit, die arme Mensch=
heit hat wenig Zeit, sich mit ihrem eigensten Wesen
zu beschäftigen.

Der Polizeischreiber Friedrich Fiebiger aus
Poppenhagen hatte das Leben von den verschieden=
sten Seiten kennen gelernt. Er hatte in seiner Ju=
gend fast so viel Incarnationen durchgemacht wie
ein indischer Gott; nun aber betrachtete er fast schon
dreißig Jahre das Dasein von seinem hohen Drei=
bein im Departement der öffentlichen Sicherheit
aus, und seine Philosophie war die eines geistreichen
Mannes, der Alles benutzt hat, um zu lernen, und
in Fesseln und Ketten ein freier Mann geblieben;

aber ein kaustischer Verächter aller Prätensionen
menschlichen Stolzes und menschlicher Vollkommen=
heiten geworden ist. Er war wenig krank, und wenn
er sich je unwohl fühlte, so litt er an versetzter
Satire, wie andere Leute an versetzten Blähungen
leiden. Dieser Natur konnte keine bessere Stellung
in der Gesellschaft als die, in welcher sie sich be=
fand, zu Theil werden. Friedrich Fiebiger war ganz
an seinem Platze im Bureau Nummer Dreizehn.
Er behauptete, zwei Gewänder zur Bedeckung seines
Ichs zu haben, einen Frack und einen Schlafrock.
Im Frack sammelte der Polizeischreiber den Stoff,
welchen er im Schlafrock in langen Monologen sich
selber, oder in kurzen Bemerkungen Andern, nach
seiner Art verarbeitet, zum Besten gab; sich selber
höchst vergnügt, Andern zu Aerger, Lehre und Nutzen.
Wörtlich genommen trug der Schreiber keinen
Schlafrock, sondern eine kurze wollene Jacke, in
welcher er sich in diesem Augenblicke, dicht am war=
men Ofen, mit seinem Schützlinge zu einem höchst
frugalen Abendessen niedersetzte.

Mechanisch aß und trank Robert Wolf, ohne zu wissen was. Er sah Alles durch einen gestaltenvollen Nebel und starrte seinen Wirth an, wie den Beherrscher dieses Nebels, dieser Gestalten, wie ein Räthsel, welches zu lösen er sich viel zu schwach fühlte. Weich wie Wachs war der Knabe geworden, und man sah es an seinen Augen, daß sie sich, wie die eines Kindes, bei dem geringsten Anlaß mit Thränen füllen würden.

Während des Mahles beobachtete der Wirth den Gast scharf und genau und unterwarf ihn schweigend einer nochmaligen Prüfung, die ganz zu seiner Zufriedenheit auszufallen schien; denn er schob seinen Teller zurück und stopfte seine erste Abendpfeife mit dem Ausdruck eines Mannes, der ein großes Werk zum erwünschten Abschluß gebracht hat und vollkommen mit sich zufrieden ist.

Mit blauen Ringeln und Wolken füllte sich von Neuem das Gemach; der Regen schlug in Stößen gegen die Fenster, dumpf rollten die Wagen in den Gassen. Zurück in dem zerlumpten Sopha

lehnte sich der Schreiber, sah noch einmal seinem
Gast in die Augen, blies eine Rauchwolke gegen
ihn und sagte:

„Ich heiße Friedrich Wilhelm Fiebiger, bin im
Jahre 1788 zu Poppenhagen im Wirthshaus zum
Drachen geboren und bin in die Welt gelaufen,
nachdem mein Vater sein Wirthshaus in seiner
eigenen Gaststube vertrunken, den Drachen in ande-
rer Leute Hand, sich selbst aber in die Grube ge-
bracht hatte. Per varios casus bin ich endlich hier
Polizeischreiber geworden und zugleich ein alter Ge-
sell, der seine Stiefel selber putzt, selber seinen
Kaffee kocht, grade wie Robinson Crusoe auf der
Insel Juan Fernandez. Kennen Sie die Geschichte,
Robert?"

Der Knabe nickte.

„Gut, so wissen Sie auch, wie der in doppelter
Hinsicht verschlagene Reisende einen grünen Vogel,
wenn ich nicht irre einen Papagei, fing und zu
seinem Freunde und Genossen machte. Ich versuchte dasselbe, um meine Einsamkeit zu erheitern,

brachte es aber nur zu einem Staarmatz, von dem
sein Verkäufer behauptete, es sei der gebildetste
Vogel, der jemals den Unterricht des Menschen genossen habe. Mißtrauisch innerhalb der Polizeistube,
bin ich der leichtgläubigste Mann außerhalb derselben. Ich kaufte den Vogel, und mein Kummer
war nicht gering, als ich aus dem Schnabel des
schwarzen Satans nichts als die injuriösesten Schimpf-
namen, Epitheta, wie sie noch niemals einem Poli-
zeier geboten waren, zu hören bekam. Die Katze
fraß die Bestie und rächte mich, — nun frage ich
Dich, Robert Wolf vom Eulenbruch, willst Du den
Versuch machen, auf dem Fuße vollkommener Gleich-
berechtigung mit mir Stiefel zu putzen und Kaffee
zu kochen? Willst Du meine Grillen und Launen
ertragen und mir Deine Seele geben, wie Du sie
der schönen Eva Dornbluth, unserer Landsmännin,
gabst? Ich bin kein Onkel Zauberer, der expreß
aus Afrika nach China kommt, um sich von dem
dummen Schneiderjungen Aladin die Wunderlampe
aus der Zauberhöhle holen zu lassen und den Ar-

men in blinder Wüthenhaftigkeit darin einzusperren.
Aengstige Dich nicht, Robert Wolf. Ich bin arm,
und kann Dir keinen Glanz versprechen. Ich bin
arm, und Du wirst mit mir arm sein; hart wirst
Du arbeiten müssen, denn der Mensch ist zu harter
Arbeit geschaffen. Viel Feiertage wird's nicht ab=
werfen, denn die Feiertage sind den Menschen Dei=
ner Art nichts nütz; Licht und Luft wirst Du in
dem Dasein, welches ich Dir biete, nicht so un=
mittelbar aus der ersten Hand haben wie in Deiner
— in unserer waldigen Heimath. Bedenke Dich —
wirst Du Dein Leben in meine Hand legen, so will
ich versuchen, mit guter Hilfe diesem Leben einen
Inhalt zu geben, wie er sich für ein vernünftiges
Wesen schickt?!"

Zitternd rief der Jüngling:

„Sie wollen sich so meiner annehmen? Ich soll hier
bei Ihnen leben? Ich soll hier in dieser Stadt wohnen?"

„Wenn Du willst, so wird dem nichts ent=
gegenstehen."

„Ich kann mit i h r nicht in einer Stadt leben!"

schrie Robert Wolf, mit der alten Energie aufsprin=
gend. „Ich könnte ihr in den Straßen begegnen,
und ich würde sie dann tödten. O laſſen Sie mich
meines Weges gehen, jetzt, jetzt gleich!"

„Ruhe, mein Junge; immer ruhig Blut," ſagte
der Schreiber gemüthlich. „Wir haben nun das
erſte Brot und Salz der Gaſtfreundſchaft mitein=
ander gegeſſen, und wollen wir Dir, ſo gut es an=
geht, ein Nachtlager bereiten. Ich leihe Dir für
diesmal einen Strohſack und einen alten Mantel.
Morgen im Tageslicht wird Alles ganz anders aus=
ſehen. Morgen will ich meine Fragen Dir wieder=
holen; jetzt haſt Du ein wenig das Fieber und mußt
ausſchlafen. Komm' zu Bett."

Robert Wolf folgte dem Alten ſchwankend; in
der zweiten Kammer wurde der Strohſack auf den
Boden geworfen, und ein erträgliches Lager her=
geſtellt. Der Knabe aus dem Walde hatte zu oft
auf nackter Erde geſchlafen, um nicht ein ſolches
Bett eines Königs würdig zu finden. Der Schreiber
reichte ihm die Hand und ſprach:

„Schlafe wohl, mein Kind; träume nicht allzu unruhig; Du schläfst in der Wohnung eines Freundes. Denke nicht an das hübsche Mädchen und thu mir die Liebe an und schnarch. Der Klang der Fußtritte des Glücks ist von dem Gepolter, womit das Unglück einherschreitet, oft schwer genug zu unterscheiden. Es ist immer aber hübsch von Beiden, wenn sie nicht in unhörbaren Gummiüberschuhen herangeschlichen kommen. Fac, ut valeas.“

Der Alte ging mit der Lampe, und der Knabe warf sich seufzend auf das harte Lager. In der Stube schritt der Schreiber auf und ab und horchte kopfschüttelnd auf das bitterliche Weinen, in welchem sich das arme zusammengepreßte Herz des Knaben, jetzt wo es dunkel und still umher war, unaufhaltsam Luft machte.

„Armes Kind,“ murmelte der Alte. „Weine nur, spül' rein die junge Seele! Wer weiß, wozu Du bestimmt bist? Mit harter Hand faßt das Schicksal vor Allem gern seine Günstlinge; ruhig auf macadamisirtem Pfad — alle Viertelmeile ein

Meilenzeiger — läßt es nur Die wandeln, welchen das Loos der goldenen Mittelmäßigkeit aus der geheimnißvollen Urne fiel. Nicht in Goldwolken hüllt das Schicksal seine Erkorenen; in den dunkeln Mantel des Schmerzes, der Gebrechen, der Krankheit und jeglichen Elends hüllt es sie und reißt sie durch das Leben. Und neidisch ist das Schicksal; wie manchen hohen Geist hat es für sich behalten in dem dunkeln Mantel, wie selten fällt die Hülle von der Schulter eines Auserwählten, wie selten wird ein Individuum für die übrige Menschheit denkmalreif und ein würdiger Gegenstand für Toaste, Reime und Festessen."

Es war gut, daß dem Alten über diesen Gedanken die Pfeife ausging; während er sie von Neuem in Brand setzte, lächelte er über sich selbst, rieb sich die Stirn und brummte:

„Sieh', Fiebiger, hab' ich Dich wieder? Alter Knabe, wirst Du die Dinge außerhalb der Schreibstube nie so sehen, wie sie alle übrigen verständigen Leute erblicken? Du setzest mich in Erstaunen, Fritz

Fiebiger! Hebräer, Griechen und Lateiner sind einig,
daß es vor Allem übel ist, mit der Nase ein Loch
in das Firmament stoßen zu wollen; man vergißt
darüber die Löcher im realen Erdboden, liegt drin
und wird ausgelacht. Hier haben wir den großen
Redner und Oberbürgermeister Marcus Tullius Ci-
cero, welcher keine Verse machen kann, aber sehr
gern die des Ennius citirt:

„Keiner schaut, was vor dem Fuß liegt, Himmelsräum' aus-
spähen sie."

Und hier hebt der semitische Weise die Hände empor und hält sich mit denselben Worten über dieselben sternguckenden Naturen auf. Wir wollen
Beiden kein Aergerniß weiter geben, Fiebiger; wie
sehr wir auch Dich beneiden mögen, Heinrich Ulex.
Kurz und bündig, Fiebiger, was willst Du nun
mit diesem Jungen, welchen Du von der Straße
aufgelesen hast, anfangen? 'S ist doch in Wahrheit ein Brief mit fremdem Siegel und fremder
Aufschrift."

In diesem Augenblick erschien dem Polizeischreiber die Verantwortlichkeit, welche er sich aufgeladen hatte, nicht mehr so klein wie vorhin. Bedenklich nahm er seinen Weg durch das Gemach wieder auf; die Geister seiner großen Register ließen ihn vollständig in Ruhe; sie wagten sich nicht hervor aus ihren Folianten, und somit hatte der Schreiber wenigstens etwas erreicht.

Fünftes Capitel.

Große Gesellschaft bei dem Banquier Wienand;
Mr. Warner aus New-Orleans wird dem Freifräulein Juliane
von Poppen vorgestellt.

Der Wagen, welcher Fräulein Helene Wienand
und den Doctor Pfingsten von dannen führte, hielt
in einer ruhigen breiten Straße vor einem großen,
stattlichen, ganz modernen Hause, welches sich durch
nichts von seinen Nachbarn, welche ebenfalls groß,
stattlich und modern waren, auszeichnete. Je weniger charakteristisch ein Gegenstand ist, desto schwerer
ist er zu beschreiben; wir beschreiben deshalb das
Haus des Banquiers Wienand auch nicht. Ein
großer Theil der Leser wird gewiß selbst in ähnlich
aufgethürmtem Mauerwerk wohnen und deshalb

eine eingehende Beschreibung gähnend überschlagen.
Gott segne sie für den guten Geschmack!

Im untern Theil des Hauses befanden sich die
Geschäftszimmer des Banquiers, die Räume der
Dienerschaft und so weiter, im ersten Stock die Ge=
sellschaftszimmer und das Reich Helene's. Wir
haben es nur mit dem ersten Stock zu thun. Hinter
dem Hause befand sich ein reinlichgepflasterter Hof
mit den Wagenschuppen, Pferdestall und so weiter.
Ein zierliches eisernes Gitter trennte diesen Hof von
einem kleinen Garten, mit welchem wir es im
nächsten Frühling ebenfalls zu thun haben werden.
Hohe Brandmauern umgaben diesen Hof und Gar=
ten von allen Seiten, so daß man glauben konnte,
in letzterm vollkommen vor neugierigen Augen ge=
sichert zu sein, was aber nicht der Fall war, wie
wir ebenfalls im nächsten Frühling zu beweisen ge=
denken. Jetzt führen wir den Leser in den glänzend
erleuchteten Salon durch eben so glänzend erleuchtete
und ausgestattete Nebenzimmer, in welchen Spiel=
tische aufgestellt waren.

Der Banquier gab eine große Soiree; — werfen wir einen Blick auf die Gesellschaft, aber einen vorsichtigen, daß wir uns nicht compromittiren. Mehrere Stunden waren verflossen, seit Robert Wolf von dem berichteten Unfall betroffen worden war; die Gesellschaft, welche sich bei dem Banquier Wienand versammelte, war ziemlich vollständig gegenwärtig. Zwei Diener reichten Thee umher; an den Spieltischen hörte man die gewöhnlichen Redensarten; es war ein Ueberfluß von ältern und jüngern Damen, von weißen Westen, bunten Uniformen, schwarzen Fracks vorhanden.

Ehe wir uns den Einzelheiten hingeben, können wir den Totaleindruck in der Sprache der Zeit, der Börsensprache, charakterisiren. Wir finden, daß die Stimmung der Gesellschaft im Allgemeinen eine feste war, und daß das Geschäft der Unterhaltung sich auf der soliden Bahn ruhigen Fortschritts bewegte. Complimente und Schmeicheleien fanden mit den bestehenden Gegencomplimenten Nehmer und Nehmerinnen. Nach Scandal vielseitige Nachfrage;

Stadtklätschereien aber leider loco unverändert, fest
— jedoch beliebt.   Politik ziemlich schwankend, in
Musik und Theater lebhaftes Geschäft, günstige
Stimmung für den letzten Roman; wissenschaftliche
Fragen und Wahrheit still und flau.   Die ältern
Damen befanden sich in sehr fester Haltung, die
jüngern zur Notiz schwimmend und flott.   Die
ältern Herren unverändert — Consumgeschäft. Die
jüngern Herren in matter Haltung zur Notiz. Nach
zwei Uhr sanken die Course der Unterhaltung; die
Notirungen aus der letzten Stunde der Gesellschaft
sind uns nicht zugegangen.

Wir können uns zu den Einzelheiten wen=
den.

Mit kindlichem Schauder haben wir in unserer
Jugend in Raff's Naturgeschichte gelesen, wie in
den Dschungeln, den Schilfwäldern Hinterindiens,
der Elephant mit dem Rhinoceros in einen Kampf
auf Leben und Tod geräth; wie das letztere Unthier
das erstere unterläuft, ihm mit seinem Horn den
Bauch aufschlitzt und zuletzt, seinen zappelnden Geg=

8*

ner auf der Nase tragend, mit Triumphgeheul da-
vonrennt, zum Ergötzen der frommen geduldigen
Hindus und zum Erstaunen der langen leberkranken
Engländer und der semmelblonden, langgelockten
Rulebritannierinnen. In dem Salon des Banquiers
Wienand stand der Elephant neben dem Ofen,
wärmte als ein tropisches Thier seine Posteriora
und war ein wollerzeugender Grundbesitzer vom
Lande. Das Nashorn aber trug auf der Spitze
seiner Nase eine grüne Brille, welche ihm ein höchst
lächerliches Ansehen gab, und wurde es Herr Com-
missionsrath titulirt. Sobald der Elephant das
Nashorn erblickte, ließ er die Frackschöße vom linken
Arm fallen, setzte die Theetasse in die Fensterbank,
ließ ein dumpfes Schnauben hören und kam seinem
Gegner aus dem Ofenwinkel halbwegs entgegen.
Das Rhinoceros schnob gleichfalls, und es entstand
ein merkwürdiger Kampf über die Preiswürdigkeit
einer Wolllieferung; aber das Resultat dieses Kam-
pfes war ein ganz anderes, als die Naturgeschichte
angibt. Der Elephant besiegte das Nashorn ganz

und gar; er vernichtete es vollständig, er trampelte es moralisch zu Boden, und wäre dem armen Hornträger nicht sein Hausfreund, ein besonnener Mann und Freund seiner Gattin, zu Hilfe gekommen, wer weiß, was daraus entstanden wäre. Dieser Hausfreund trug die Uniform eines Husarenrittmeisters, er schien sich vorzüglich und mit Glück auf die Cultur eines ungeheuren Schnurrbarts gelegt zu haben und sprach mit Bewußtsein, über dies haarige Ungethüm weg, durch die Nase. Sein Vetter, im Ministerium des Cultus angestellt, befand sich ebenfalls in der Gesellschaft und cultivirte mehr die weißen Halsbinden und die Frisur à la raie du cul. Ein wirklicher geheimer Rath von wohlthuender Fülle der Erscheinung unterhielt sich mit einem unwirklichen, welchen man recht gut als Lesezeichen hätte in ein Buch legen können: Es befanden sich überhaupt viele Juristen in dieser Gesellschaft; denn der Banquier hatte viel mit ihnen zu thun. Vollständig beherrschten sie jedoch das Gespräch nicht, obgleich sie es gern gemocht hätten.

Auch ein sehr wohlgekleideter Dichter war zugegen, wurde aber, obgleich er sich durch nichts
Außergewöhnliches auszeichnete, von dem anstän-
bigen und gottlob größern männlichen Theil der
Gesellschaft mit mitleidiger Verachtung vermieden;
— omnes hi metuunt versus, odere poëtas.
Dieser Dichter hatte ein anerkannt vortreffliches
Trauerspiel verfaßt, aber einen von der Regierung
zur Beförderung der dramatischen Kunst ausgesetzten Preis von tausend Thalern deshalb nicht erhalten, weil Shakspeare, Goethe und Schiller Besse-
res ihrerzeit geleistet hatten. Der Mann hatte an
diesem Abend das Vergnügen, über die Billigkeit
des Verfahrens und die Versunkenheit der Literatur
Mancherlei zu hören von einem nichtssagenden
Herrn, welcher gestern durch eine Speculation in
Guano das Zwanzigfache des für das Drama
ausgesetzten Preises verdient hatte. Harmlos und
gelassen lächelnd trug der Poet sein Mißgeschick und
diese Unterhaltung; höflich war er bereit, die Ver-
breitung der künstlichen Dungmittel sowie des Vogel-

mistes als den schlagendsten Beweis der fortschrei=
tenden Intelligenz anzusehen.

Christliches Banquierthum mit jüdischer Legirung
und jüdisches Banquierthum mit feudaler Betite=
lung war in der Wienanb'schen Gesellschaft, wie
sich das von selbst verstand, am stärksten vertreten.
Drei bis vier Stockbureaukraten standen eben so
weitbeinig über ihrer engen Welt wie Julius Cäsar
in Shakspeare's Trauerspiel über der seinigen. Sie
folgten jedoch zugleich äußerst ehrfurchtsvoll den
Spuren einer Excellenz, die sich in der Soiree be=
fand. Obgleich es nur eine außer Cours gesetzte
war, so umgab sie doch ein achtungsvoller Kreis
deutscher Männer auf Schritt und Tritt, und horchte
den seltenen Worten, die ihr entfielen, mit dienst=
ergebener Entzücktheit. Und doch gibt es vielleicht
im Volksbewußtsein keinen Titel, der unangenehmer
berührt als das abgeschmackte Wort „Excellenz!"
Es klebt ihm etwas Lächerliches und zugleich Un=
heimliches an. Ich weiß nicht, ist das Theater
oder etwas Anderes, Cabale und Liebe oder unsere

vortreffliche Diplomatie Schuld daran? Selbst
Wolfgang Goethe's hohe Göttergestalt läuft komisch
schillernd an, wenn man auf das Piedestal: Excel=
lenz! schreibt.

Die Jünglinge, welche in den Urwäldern Ger=
maniens den Ur, das Elenn und den Römer jag=
ten, trugen nicht einen Frack und nicht den Hut in
der Hand; — auch meldet Tacitus nicht, daß sie
ein Stück Glas in die Augen kniffen und sich so
unbeschreiblich langweilten, wie die Jünglinge im
Salon des Banquiers Wienand.

Wir wollen uns zu den Damen wenden, und
die heilige Zahl der Charitinnen möge uns dabei
zur Seite stehen.

Ein hellglänzender Schein geht über mein graues
Conceptpapier; mit Naivetät gepaarte holde An=
muth erscheint neben matronenhafter Würde. Vor=
blüthe und Nachblüthe schmiegen sich aneinander;
Flittergold sucht echtes, treues, wahres Gold zu
überfunkeln, und gelingt ihm das öfter, als man für
möglich halten sollte. Alle Uebergangsformationen

der weiblichen Welt, vom sechzehnten bis zum
sechsundsechzigsten Jahre, kommen zur Erscheinung;
der Liebhaber von Frühlingssonnenschein und Blü=
thenstaub wie der Antiquitätenliebhaber finden gleich=
mäßig nach Neigung und Geschmack den Stoff zur
Begeisterung. Die ewige Sehnsucht des Menschen
nach dem Schönen, wie die ironische Lust am
Häßlichen können auf gleiche Weise befriedigt
werden.

Aber sollen wir uns hier auch auf Einzelheiten
einlassen?

Stille! stille! Das Auge, die Religion und die
Frauen lassen nicht mit sich spaßen; das interessan=
teste Studium ist zugleich das mühsamste und ge=
fährlichste, und weder leidenschaftliche Entzückung
und rafaeleske Begeisterung noch cynisches Grinsen
stehen uns dazu genügend zu Gebote. Hüten werden
wir uns; was wir sagen, bedecken wir mit Rosen
und besprengen es mit Kölnischem Wasser; für
die Bemerkungen, welche späterhin andere Herren
in diesem Capitel machen, nehmen wir die Ver=

antwortung nicht auf uns. Laß die Leute selbst
sehen, wie sie mit den Damen zurechtkommen!

Nach dem Thee und Spiel wurde bei dem Ban=
quier Wienand gegessen, worauf das junge Volk
mit den alten Empfindungen, nach hergebrachter
Weise tanzte. Wir aber lassen die große Welt
brausen und gleiten verstohlen in das Gemach He=
lene's, wo es am stillsten, und wo die Beleuchtung
gedämpfter ist; denn die junge Bewohnerin dieses
Raumes hatte sich noch immer nicht von ihrem
Schrecken erholt, und nur die Kürze der Zeit hatte
überhaupt ein Absagen der Gesellschaft verhindert.

Der Banquier Wienand war ein sehr reicher
Mann, welcher sein einziges Kind fast abgöttisch
liebte. Keinen Wunsch konnte Helene fassen, welchem
er nicht auf halbem Wege entgegenkam; mit Allem,
was ihr Herz verlangte, umgab er sie, und so war
auch ihr Zimmer der Gegenstand des gerechten
Neides mancher andern jungen Dame in der Stadt.
Auf die beliebte Decorationsmalerei wollen wir uns
jedoch auch an dieser günstigen Stelle nicht einlassen;

wir beschränken uns darauf, mitzutheilen, daß Tep=
piche, Bilder, Geräthschaften, Vorhänge u. s. w. in
vollster Harmonie miteinander waren, und daß
Alles wiederum in Harmonie mit dem lieblichen,
nur ganz wenig verzogenen Wesen war, welches in
diesem duftenden Raume athmete. Die erste Regel
des guten Geschmacks: nirgends zu viel, nirgends
zu wenig! kam zur vollsten Geltung, in der Zimmer=
ausstattung, wie in der jungfräulichen Gestalt He=
lene's selbst.

Zurückgelehnt in die Kissen eines Divans in
der Nähe der Thür, welche in den Salon führte,
saß Fräulein Wienand, noch recht bleich und an=
gegriffen aussehend, umgeben von einigen nähern
Freunden. Die Gesellschaft hatte den Unfall ver=
nommen und besprochen; das junge Mädchen hatte
dieselben Bedauerungsformeln, Glückwünsche mit den
selbstverständlichen Variationen hundertfältig anhören
und beantworten müssen; jetzt waren die Kräfte des
armen Kindes vollständig zu Ende; das schmer=
zende Köpflein stützte es mit der weißen Hand, und

der Sanitätsrath Pfingsten hatte auf Bitten des
Banquiers mit ärgerlichem Gebrumm seine Karten
— es waren sehr gute! — einem andern Herrn
gegeben und saß jetzt wieder in einem Lehnstuhl
neben der Tochter des Hausherrn. Auf der andern
Seite derselben saß im Divan eine kleine hagere
Dame, welche einmal den Fuß gebrochen und deshalb einen Krückstock neben sich hatte, in schwarze
Seide gekleidet war, und auf dem grauen Haar ein
winzig kleines Mützchen trug. Sie hatte trotz ihres
Alters ein sehr weißes Gesicht, merkwürdig beweglich und ausdrucksvoll; ihre Augen waren schwarz
und beweglich und ausdrucksvoll wie ihre Züge.
Diese kleine Dame war das Freifräulein Juliane
von Poppen, eine Hausfreundin des Banquiers
Wienand und eine Person, welche eine wichtige
Rolle in dieser unwichtigen Geschichte spielt. Im
folgenden Capitel werden wir 'mehr über sie sagen,
in dem vorliegenden lauscht sie, höchlichst interessirt, dem
Bericht, welchen der Polizeirath Tröster, der jetzt in
Frack und weißer Weste sehr nobel aussieht, über

Robert Wolf und den Polizeischreiber Fiebiger gibt.
Das Freifräulein kannte den Schreiber sehr genau,
— kannte mehr Menschen, als sonst die Leute ihres
Standes kennen.

Der Polizeirath, welcher ebenfalls vom Spiel=
tisch abgerufen war, erzählte, was die hohe Polizei
wußte, so kurz als möglich und mit manchem sehn=
suchtsvollen Blick nach der Thür; mit einem Seuf=
zer der Befriedigung ließ er sich von dem Freifräu=
lein zum Whist zurückschicken.

Den Kopf schüttelte Juliane von Poppen, gleich
allen andern Leuten, über die Idee des Schreibers;
aber sie schien dabei zugleich innerlich recht zu lachen.

„Bitte, lieber Herr Doctor, erzählen Sie uns
noch ein wenig von diesem wunderlichen Schreiber!"
bat Helene Wienand, und wenngleich das Freifräu=
lein die Achseln zuckte, so that sie doch mündlich
keinen Einspruch, sondern setzte sich nur bequemer
zurecht in den Kissen des Divans mit einer Miene,
welche deutlich sagte:

„Was kann der davon wissen? Nun gut, ich

will Alles über mich ergehen lassen. Schwatzt
zu."

Der Sanitätsrath rieb in der Ermangelung
eines Stockknopfes die Nase mit dem Knöchel des
Zeigefingers und sagte:

„Meine Damen, von allen Menschen, die mir
auf meinem Lebenswege entgegengetreten sind, be-
neide ich diesen am meisten!"

„Weshalb?" fragte das Freifräulein.

„Er kennt die Menschen, so gut wie ich; aber
— er ärgert sich nicht darüber wie ich," knurrte
Pfingsten. Er horchte nach dem Salon und schüttelte die Faust nach derselben Richtung:

„Hören Sie, das war die Stimme des großen
Kirchennachtlichts, des Consistorialraths Krotisius.
Sollten Sie es für möglich halten, daß dieser treffliche Herr vorhin gegen die Baronin Silberstein behauptete: Goethe habe durch die Weinscene in
Auerbach's Keller jedenfalls, unbedingt und unter
allen Umständen das Wunder der Hochzeit zu Cana
verspotten wollen?!"

„Sie wollten uns von dem alten Fiebiger er=
zählen, Doctor," sagte das Freifräulein; aber Pfing=
sten hielt horchend die Hand an das Ohr:

„Das war das silberne Gelächter — mehr
doch Britannia= oder Christoffelgelächter — der rei=
zenden Wittwe Everilde Strippelmann. Die Dame
ist doch der wahre Pirat und Flibustier des Ball=
saals! Wie sie mit aufgespannten Segeln einher=
streicht! wie sie Breitseiten gibt! Fräulein Helene,
wenn Sie etwas lernen wollen, so studiren Sie die
kecken Handstreiche weiblicher Cofetterie an dieser —
diesem reizenden Motiv."

„Kommen Sie auf den alten Fiebiger, Doctor!"
rief das Freifräulein, mechanisch nach ihrem Hand=
stock greifend.

„Ich bitte Sie, Gnädigste, bin ich nicht dabei?
Die Gelegenheit ist günstig. Hier sitze ich im Win=
kel und horche auf das Wortgeplätscher dort hinter
der Thür, kann auch, wenn es mir beliebt, einen
Blick durch die Ritze in das Gewühl der weitärme=
ligen Pierrots und Harlequins, der schwarzbemän=

telten Pantaleons, der grämlichen Anstandsdamen,
der allerliebsten flitterhaften Columbinen werfen.
Ich ärgere mich darüber; Friedrich Fiebiger würde
sich nicht darüber ärgern. Ich glaube, der Mann
kann zu seinem Privatvergnügen den Staub im
Sonnenstrahl in ein Universum der Narrheit ver-
wandeln; weil ihm dieser Erdball mit Allem, was
daran hängt, noch nicht ausgiebig genug ist."

Das Freifräulein lächelte und nickte sinnend; der
Arzt sprach weiter:

„Mir spiegelt sich die Welt am besten in einem
Glase Rheinwein, dem Andern strahlt sie am vor-
theilhaftesten aus einem schönen Auge, einem Dritten aus einem klaren Waldquell, Ihr Herr Neffe,
Fräulein von Poppen, sieht sie im besten Licht in
dem Spiegel, welcher seine liebenswürdige Person
in Lebensgröße zurückwirft, weil er nichts damit zu
thun haben mag: dieser Schreiber aber legt sich so
weit als möglich aus dem Fenster einer Wohnung,
in der kein Student hausen möchte, raucht einen
Knaster, den kein Schäfer vertragen kann, und lacht

— lacht. Ich lache nicht, wenn ich mich aus dem Fenster lege! Wodurch hat sich dieser unverschämte alte Knabe in aller Welt den Göttern so beliebt gemacht? Unsereiner hat doch auch seine Verdienste, muß sich aber allstündlich halb zu Tode ärgern und kriegt höchstens ein Ordenszeichen vierter Classe zum fünfzigjährigen Jubiläum."

„Woher kennen Sie diesen Herrn Fiebiger so genau?" fragte das Freifräulein.

„Die Polizei und die Medicin treffen wohl ein-ander," brummte der Sanitätsrath. „Uebrigens haben wir auch die Jahre Dreizehn und Vierzehn zusammen durchgemacht."

Juliane von Poppen nickte:

„Sie stammen doch wohl aus ganz verschiedenen Lebenssphären?"

„Jene Zeit leimte die Menschen schon zusam-men, heute ist der Leim längst wieder aufgeweicht; ja, wir bewegen uns in unsern verschiedenen Sphä-ren, der Rath im Medicinalcollegium und der Schreiber in der Polizeistube."

In immer tieferes Nachdenken versank Juliane
von Poppen, während Pfingsten der andächtig lau-
schenden Helene noch allerlei Einzelheiten über den
alten Humoristen in der Musikantengasse mittheilte.

„Ihm zunächst setze ich auf der Leiter des
Glücks," meinte er, „setze ich den großen Reisenden
und Menschenfischer Faber. Der Eine in seiner
Dachstube hockend und seine Tage in dem denkbar
widerlichsten Amte verkritzelnd; der Andere, mit dem
weitesten Spielraum für seine Beine, durch alle
Völker und Länder streifend, sind einander ver-
wandt wie zwei Dreiecke, und der Gesichtskreis des
Einen ist nicht weiter, als der des Andern; — sie
haben Beide gute Augen."

„Und jetzt will er diesen armen jungen Mann,
welcher beinahe durch mich getödtet worden wäre,
bei sich aufnehmen?"

„Tröster sagt's; so sind diese Glücklichen, wenn's
ihnen zu wohl wird —"

„Sie sind ein alter Egoist, Pfingsten," sagte
das kleine Freifräulein trocken. „Lassen Sie diesen

Friedrich Fiebiger, Sie kennen doch blutwenig von ihm. Wen haben wir hier?"

„Lupus in fabula, der Hauptmann von Faber mit seinem jungen Yankee — der Papa Wienand," sagte der Doctor und seufzte im Geheimen: „Gottlob, so komme ich endlich doch noch zu meinem L'Hombre. Falsch ist Alles, die Menschen und die Karten; ich ziehe aber die letzteren vor."

Der Banquier Wienand konnte an diesem denkwürdigen Abend, von der Sorge für seine Gesellschaft in Anspruch genommen, immer nur einige Augenblicke in dem Zimmer seiner Tochter weilen. Höchstens durfte er dann und wann den Kopf hineinstecken und sich nach ihrem Befinden erkundigen. Jetzt erschien er — ein wohlbehäbiger Herr mit stahlgrauem Haar, etwas harten Gesichtslinien und einem Zug lächelnden Selbstbewußtseins um den Mund, gleich einem Sonnenstrahl, der um einen eisernen feuerfesten Geldschrank spielt. Er kam Arm in Arm mit Konrad von Faber und einem jungen stattlichen Herrn mit röthlichem Haar und Bart,

9 *

der mit sicherm Anstand vor den Damen sich ver=
neigte und von dem Hauptmann vorgestellt wurde
als:

„Herr Friedrich Warner aus New=Orleans."

Der Sanitätsrath benützte die gute Gelegen=
heit, dem Boudoir Helenens zu entschlüpfen. Wäh=
rend er zu den Spieltischen zurückschlüpfte, murmelte
er aber: „Ein prachtvoller Menschentypus, dieser
junge Deutsch=Amerikaner. Ich liebe diese breit=
schultrigen Gesellen mit diesen blonden Löwenmäh=
nen und den vollen Bruststimmen. Man fühlt sich
dabei in seiner Race noch für einige Zeit gesichert;
's ist ein Trost für einen Arzt heutiger Epoche."

Um diese Zeit stand der Polizeischreiber Fiebiger
in der Musikantengasse mit untergeschlagenen Ar=
men vor dem Lager seines Schützlings.

„So habe ich nun," sprach er, „den Griff in
das volle Menschenleben gethan. Was hab' ich ge=
packt? Eine Hand voll Glück oder Unglück? Wir
wollen sehen. Eins ist sicher; als William Shak=
speare seine schönen Verse über den Mann, „der

nicht Musik hat in sich selbst," dichtete, da verstand
er unter Musik jedenfalls nicht solche Nasallaute,
wie sie der Junge hier jetzt hervorbringt. Bah, es
ist besser, zu schnarchen als zu schluchzen. Soll
mich doch wundern, was Ulex dazu sagen wird."

Der Schreiber nahm die Lampe von dem Stuhl
wieder auf und schlich auf den Zehen aus der Kam=
mer. Seinen Oberrock zog er wieder an, setzte den
Hut auf, schloß sorglich die Thür seiner Wohnung,
versenkte den Schlüssel in seine Hosentasche und
verließ das Haus.

Um die Ecke der Musikantengasse bog er, eine
zweite Gasse schritt er hinab, bis in einen Winkel,
wo er vor einer niedrigen schwarzen Pforte still=
stand. Diese Pforte führte auf einen umfangreichen
Hof voll Gerümpel aller Art; der Schreiber trat
hinein, und der schwere Thürflügel schlug sogleich
hinter ihm zu. Ein Licht flimmerte aus der Höhe,
es flimmerte in dem Giebel des Astronomen Hein=
rich Ulex. Es war derselbe Schein, welchen man
auch aus der Kammer sah, in welcher jetzt Robert

Wolf schlief. Tastend fand Friedrich Fiebiger seinen
Weg über den Hof, in einer Ecke desselben stieg er
eine Wendeltreppe empor. Sie führte empor zum
Gemach des Sternsehers.

———————

Sechstes Capitel.

Expectoration des Autors über die Einsamkeit; Lebensläufe aus vergangenen Tagen werden erzählt.

O Einsamkeit, Du starke Göttin, der königlich großbritannische und kurfürstlich hannover'sche Leibarzt, Johann Georg Zimmermann hypochondrischen Angedenkens, hat vier dicke Bände über Deine Süßigkeiten und Deine Schrecknisse geschrieben; ich werde das nicht thun. Eine starke Göttin nenne ich Dich, o Einsamkeit, weil die Wirkungen Deiner Macht grenzenlos sind im Guten wie im Bösen. Je nachdem Du dem Menschen die lichtblaue oder die dunkelfarbige Seite Deines Schleiers über die Augen hängst, führst Du seine Seele in die stillsten

Auch irdischen Friedens, irdischer Glückseligkeit;
stürzest Du sein Ich in die gräßlichste Nacht der
Verzweiflung und des Wahnsinns.   Du bist eine
gewaltige Zauberin, Einsamkeit; Mutter der Kunst,
der Weisheit und des Heldenthums bist Du und
bevölkerst doch die Welt mit Gespenstern, Fratzen,
mit allem Gaukelspiel der Hölle.   Mutter bist Du
und doch eine Jungfrau: dem Einen Maria die
Allbeseligende, dem Andern die eiserne Gestalt des
Mittelalters, deren Arme zerfleischende Messer ver=
bergen.   Deine Arme breitest Du aus: Kommet her
zu mir Alle, die Ihr betrübt, mühselig und beladen
seid, ich will Euch Eurer Last entledigen, ich will
Euch trösten! Deine Arme breitest Du aus: Kom=
met her zu mir, Ihr Verstockten, Ihr Fanatiker,
Ihr Verbrecher, Ihr Unglücklichen jeder Art; das
Bittere soll bitterer werden, härter das Harte,
schlechter das Schlechte, giftiger jedes Gift! — Im
Größten wie im Kleinsten wirkst Du, Einsamkeit;
die Flammen der Sinnlichkeit löschst Du und schürst
Du zum verzehrenden Brande; anders erscheinst Du

jeglichem Menschen: dem Alter auf andere Art als
der Jugend, dem Weibe anders als dem Manne,
der Jungfrau anders als der Mutter. Mir bist
Du bona Dea, o Einsamkeit, die gute Göttin des
Lebens; ich bitte Dich, sei auch eine gute Göttin
allen Denen, welche ihr Auge auf dieses Blatt
werfen; ich bin ihnen gewogen, darum zeige ihnen
Deine holdeste Gunst und Kraft!

Dicht am Dorfe Poppenhagen im Winzelwalde
liegt das adelige Gut, der Poppenhof, welchem das
Privilegium nobilitatis beigelegt war und damit
die Vogtei und Untergerichtsbarkeit. Danach konnten
die jedesmaligen Delinquenten „in solchen Delictis,
so nicht in die peinliche Halsgerichtsordnung laufen,
nach Beschaffenheit der Umstände ohngehindert mit
einer Geldbuße beleget, incarceriret, auch mit An-
schließung an das Halseisen, so auf dem Hofe be-
findlich, bestraffet werden."

Am vierzehnten April 1803 sollte diesem Pri-
vilegio gemäß das Halseisen der Wittwe Ulex aus
dem Dorfarmenhause umgelegt werden. Ihr Mann

war, wie der Vater Robert Wolf's, Forstwart auf
dem Eulenbruch gewesen und hatte als blutjunger
Mensch die Annexionskriege des alten Fritz mitge-
macht. Als Unterofficier des Regiments Pasewalk
invalid entlassen, heirathete er, indem er das erste
junge weibliche Wesen aufgriff, welches ihm bei
seiner Rückkehr aus dem Garnisonsdienst am Ein-
gange des Dorfes Poppenhagen begegnete. Aus
dieser Ehe entsproß Heinrich Ulex der Sternseher.

Um das Jahr Achtzehnhundertundeins starb der
Forstwart an einer Wilddiebskugel, welche eine alte
Wunde aus dem baierischen Erbfolgekriege von Neuem
aufriß, und die Wittwe zog mit ihrem Jungen
nach Poppenhagen hinab in das Siechenhaus. Sie
war dem Trunk ergeben und nahm es nicht allzu
genau mit dem Mein und Dein. In der Kunst,
Hühner zu stehlen, hatte sie es zu einer wahren
Virtuosität gebracht, und wir benutzen die Gelegenheit, unsern Leserinnen mitzutheilen, daß es nicht
nur eine Kunst ist, Herzen, sondern auch eine Kunst,
Hühner zu stehlen. Vergeblich suchte die fromme

Wirthswittwe Fiebiger, die ebenfalls mit ihrem Sohne Fritz ihre letzten Jahre in dem Siechenhause hinbrachte, moralisch auf die Sünderin einzuwirken; das Unterfangen war zu gefährlich und trug höchstens einige Kratzwunden ein. Die Fiebigerin war aber so still und demüthig, als die Wittwe des Forstwarts wild und rebellisch war; sie konnte daher am vierzehnten April 1803 nur in den Winkel kriechen und die schreckliche Aussetzung ihrer Mitgenossin im Hunger und Elend des Armenhauses mit vor's Gesicht gehaltener Schürze bejammern.

So stand denn unter dem trüben Himmel des regenhaften Tages auf dem Gutshofe die Ulexin im Halseisen; während der Großvater Leon's von Poppen, der Rittmeister außer Dienst Gotthelf von Poppen, mit der Thonpfeife im Fenster lag und das diebische Weib mit den gräulichsten Flüchen und Schimpfwörtern überschüttete; während die Bauern, ihre Weiber und Kinder sammt den Gutsknechten mit abgezogenen Hüten, wenn auch angstvoll, so doch sehr befriedigt gafften. Ein zerlumpter, ver-

wahrlos blickender Knabe wurde neben dem Hals=
eisen von einem etwas jüngern wohlgekleideten Kna=
ben geneckt und mißhandelt, und suchte sich schreiend
an dem Lumpenrocke des gefesselten, beschimpften
Weibes zu halten. Der eine Junge war Heinrich
Ulex, der Sohn der Hühnerdiebin, der andere war
Theodor von Poppen, der Vater Leon's. Zitternd,
mit athemlosem Entsetzen sah Fritz Fiebiger von
dem Düngerhaufen aus dem häßlichen Schauspiel
zu, und dasselbe that ein kränklich blickendes Mäd=
chen von der Thür aus, die in den Gutsgarten
führte. Juliane von Poppen hieß die Kleine; ihre
Mutter war todt, ihr Vater kümmerte sich wenig
um sie, er zog bei Weitem seinen Sohn, der einige
Jahre jünger als das Mädchen war, vor. Hübsch
war die Kleine jedenfalls nicht zu nennen, sie war
zu bleich dazu; aber sie war mitleidig und hatte
jetzt Thränen in den großen schwarzen Augen. Es
war ein für ihr Alter winziges, nervöses Ding, und
als sich der heulende zerlumpte Betteljunge vor der
Gerte ihres Bruders von der Schürze der Frau im

Halseisen in ihre eigene Nähe flüchtete, machte sie
sich von der Hand ihrer Bonne los und trat mit
abwehrenden Armen und geballten Händen dem
jugendlichen Tyrann und Dynasten vom Poppenhof
entgegen.

Der Rittmeister oben im Fenster lachte darüber
aus vollem Halse; aber Junker Theodor schien nun
die größte Luft zu haben, seinen Stock gegen die
Schwester zu gebrauchen. Nur des Vaters ernst-
liches: „Laß die kleine Katze!" konnte seinem Zorn
Halt gebieten, ohne ihm jedoch Einhalt zu thun.
Seit den frühesten Kindertagen herrschte eine tiefe
Abneigung zwischen den Geschwistern, was man
leider viel häufiger findet, als man gewöhnlich an-
nimmt.

In dem schwächlichen magern Körper des Mädchens steckte eine starke willenskräftige Seele, welche
hielt, was sie erfaßt hatte, Kenntnisse, Zuneigung
und Abneigung, Liebe und Haß. Juliane von
Poppen ward von dem Tage, wo seine Mutter am
Halseisen stand, die erklärte Beschützerin von Hein-

rich Ulex, und der arme Knabe hing ihr dagegen
mit der Ergebenheit eines Hundes an. Sie nahm
das ganze Armienhaus unter ihre besondere Protec-
tion, aber vorzüglich, wie gesagt, den Sohn der
Hühnerdiebin. Sie hatte noch öfters Gelegenheit,
ihn gegen die Ungeschlachtheit des Vaters und die
Rohheit des Bruders zu schützen, und wenn es ihr
auch nicht gelang, jedes Ungewitter von ihm abzu-
wenden, so konnte sie doch manchen Blitz und
Donner unschädlich seitwärts lenken.

Es entstand allmälig zwischen dem Fräulein von
Poppen und dem Sohne der diebischen Bettlerin
ein eigenthümliches Verhältniß. Das Mädchen
hatte in der Gesellschaft ihres Vaters und Bruders
traurige freudenlose Tage hingebracht; jetzt fand sie
zum ersten Male auf ihrem Lebenswege ein Wesen,
welches ihr Alles zu Liebe that, was sie nur irgend
verlangen mochte. Unklare Gefühle, geschöpft aus
einer Bibliothek sentimentaler Romane, dem einstigen
Eigenthum der verstorbenen Mutter, durchspukten
das phantastische Köpfchen; die junge Chatelaine

gebrauchte den erworbenen Einfluß, um den Knaben
aus dem Armenhause an sich zu fesseln, wie eine
kleine geistreiche Fee einen blöden, dickköpfigen, ehr=
lichen Kobold. Da gab es für Heinrich Ulex Auf=
träge der verschiedensten Art. Seltene Blumen
mußten gesucht werden in den Wäldern und auf
den Bergen; auf glänzende Steine, zierliche Moose,
Vogeleier und Federn mußte Jagd gemacht werden,
zum phantastischen Schmuck des Zimmers des Fräu=
leins. Es verging kaum ein Tag, an welchem die
Kinder nicht miteinander verkehrten in Wald und
Feld oder hinter den Gartenhecken von Poppenhagen.
Und Niemand durfte etwas merken von der Vor=
liebe des Fräuleins für ihren Kobold, als Fritz
Fiebiger, der Sohn der Wirthswittwe. Er wurde
von Zeit zu Zeit in allerlei wichtige Geheimnisse
der beiden Andern hineingezogen und ging dann
und wann mit auf die Jagd nach Blumen, Steinen
und Vogeleiern.

Juliane von Poppen, welche vor ihrem Vater
sich fürchtete und ihren Bruder haßte, wurde in der

Einsamkeit des Waldes, in der Gesellschaft der
beiden Knaben zum fröhlichen, liebenswürdigen
Kinde. Das altkluge Gesichtchen verlor die bleiche
Farbe, der ernste Mund lernte allmälig das heitere
Lachen, und die schwarzen Augen behielten wohl
ihren Glanz, aber nicht ihre scheue Unstätigkeit.

Es rauscht und plätschert manch ein Bach durch
den Winzelwald, und der große Forst, im Jahre
1803 noch viel wilder und dunkler als heute, bot
manch ein geheimnißvolles Versteck, ganz gemacht,
daselbst Märchen zu erzählen und auf Märchen zu
horchen. An einem solchen Fleckchen, wo die Wald=
vögel in die Lectionen des Fräuleins vom Poppen=
hof hineinsangen, wo die Sonne zitternde Schatten=
bilder auf das Lesebuch im Schoß der kleinen eifrigen
Lehrerin warf, lernten Heinrich Ulex und Fritz Fie=
biger das Lesen und Schreiben. Hier füllte dem
armen Heinrich das elfenhafte phantastische Mädchen
das Herz mit den Gestalten und Bildern ihrer eige=
nen Lectüre, Ritter und Damen, Tyrannen, Henker,
schuldlose Opfer, unglückliche Verliebte, Todtengerippe,

Gespenster, Räuber, Riesen und Zwerge zogen vorüber, und in wonnigem Bangen lauschten die beiden
Kinder geheimnißvollen Klängen in der Ferne,
sahen Gestalten hinter den Stämmen in der Dämmerung des Waldes und drängten sich scheu aneinander vor den Geistern und Schauern, welche sie
selbst beschworen hatten. Dem mit gefalteten Händen
horchenden Heinrich war oft zu Muthe, als werde
die Lehrerin mit ihrem Waldblumenkranz und den
blitzenden schwarzen Augen sich gleich selbst in solch
ein verschwebendes Bild auflösen und im Wald-
schatten, Vogelsang und Rauschen der Wasser ver-
schwinden.

Wie aber schreckten die Kinder auf, wenn ein
Laut des wirklichen Lebens sie in ihrer Einsamkeit
störte; wenn die Axt des Holzhauers in der Nähe
erklang, oder das Pfeifen des Hirten. Da schoß
das Eine hierhin in's Versteck, das Andere dorthin.
Und wenn dann gar der Rittmeister von Poppen
mit seinen Hunden durch den Wald ritt, begegnete
ihm wohl sein Töchterlein einsam auf einem ver-

wachſenen Pfade, oder trat ihm aus dem Dickicht
entgegen und ließ ſich, ſtumm die Augen nieder=
ſchlagend, anſchnauzen über ſolch albernes Umher=
ſtreifen; den Knaben gewann ſie dadurch Zeit, tiefer
in die Wildniß zu flüchten.

Zwei Jahre hindurch dauerte dieſes Verhältniß,
harmlos und unſchuldig. In ihrer Einſamkeit
waren Heinrich und Juliane wie die Erſtgeborenen
der Erde, als der Baum der Erkenntniß noch unbe=
rührt ſtand im Paradieſe. „Sie ſchämten ſich nicht,“
wie das Buch der Erſchaffung ſo unbeſchreiblich
lieblich ſagt. Und ſo kamen ſie, ohne es zu merken,
der Grenze der Kindheit immer näher. Im Herbſt
des Jahres 1806 gelangte jedoch das ſüße Spiel
der Einſamkeit zu einem plötzlichen jähen Ende,
und der Sohn der Bettlerin und das adlige Fräulein
erwachten wie aus einem hübſchen Traume.

Am zwanzigſten September dieſes Jahres, um
die ſechste Abendſtunde, an einem düſtern nebligen
Tage, warf ein armes Weiblein, welches im Gehölz
in der Nähe des Poppenhofes Reiſig für ihren

Küchenherd gesammelt hatte, ihren Tragkorb mit hellem Aufkreischen weit von sich, schleuderte ihre schweren Holzschuhe von den Füßen, um schneller laufen zu können, und stürzte halb sinnlos vor Angst und Schrecken dem Dorfe Poppenhagen zu. Das Weiblein hatte ein Gespenst gesehen. Unter den Tannen war eine lange, hagere, schwarze Gestalt, stocksteif aufgerichtet, langsam und unhörbar durch die Nebeldämmerung grad' auf die Holzlein zugeschritten. Diese unheimliche Gestalt, dieses Gespenst war die Gouvernante, welche auf dem Poppenhofe angekommen war, um dem gnädigen Fräulein den Ton und die Wissenschaft der schönen Welt beizubringen.

Mademoiselle Amalie Schnubbe's Blüthenzeit war noch in die Blüthenzeit der Sentimentalität gefallen; aber diese Epoche lag weit zurück und — sauergewordene Mandelmilch ist ein sehr unangenehmes Getränk!

Mademoiselle Schnubbe nahm ihre Aufgabe sehr ernst, und ihre kalte knöcherne Hand zerknickte

10*

erbarmungslos die wenigen Blumen, mit welchen
die arme Juliane ihr einsames verlassenes Kinder-
leben schmücken konnte, eine nach der andern, würdevoll, methodisch und vornehm. Freilich versuchte
das Mädchen anfangs gegen die Lehren und Pflichten
des bon ton sich aufzulehnen; aber ihre Kräfte er-
lahmten für's Erste bald, wenn das Joch auch kein
dauerndes sein konnte. In dem Eishauch, mit
welchem die winterliche Amalie ihre Schülerin umgab, versank das Leben, welches die Natur in dieses
junge Wesen gelegt hatte, in eine Art Winterschlaf.
Die schreckliche Amalie besaß das Talent, unpassende
Verhältnisse auszuspüren und zu Ende zu bringen,
in einem eminenten Grade. Sie spürte auch das
Waldmärchen aus, welches zwischen Heinrich, Fritz
und Juliane gespielt hatte, und verfehlte nicht,
pflichtgemäß den gestrengen Papa davon in Kenntniß zu setzen. In einen wahren Wuthanfall geriethen die beiden Poppen, Vater und Sohn, darüber; die Heftigkeit ihres Zorns übertraf jede
Schilderung, welche davon gemacht werden könnte.

Zum Glück für Heinrich Ulex und Fritz Fiebiger marschierten um diese Zeit die Franzosen in Deutschland ein, und das heilige römische Reich, in welchem schon so lange der Schwamm gesessen hatte, stürzte mit Gekrach zusammen vor dem Fußtritt des fremden Eroberers. In dem Wirrwarr, dem Kopfunterkopfüber, welche die Folgen der Schlacht bei Jena waren, konnten sich Heinrich und Fritz leichter aus dem Staube machen und der kleinherrlichen Willkür und Rohheit sich entziehen, als es bei ruhigeren Zeitläuften möglich gewesen wäre. Sie nahmen kläglichen Abschied von ihren Müttern und gingen davon mit den winzigsten Bündeln, die sich vorstellen lassen. Die beiden Mütter hatten noch viel zu dulden, bis sich der Himmel ihrer erbarmte und sie Beide am Hungertyphus zu sich nahm; sie wurden auf Kosten der Gemeinde, wie es ihnen zukam, im Winkel begraben, und als nach Jahren ihre Söhne die Gräber suchten, wußte Niemand mehr ihre Stelle anzugeben.

Es fand auch eine letzte Zusammenkunft zwi-

schen Juliane und Heinrich Ulex statt, und das
Fräulein von Poppen gab dem Jugendgespielen zum
Gedenkzeichen an die glücklichste Zeit ihres Lebens
ein Medaillon, in welchem sich Haare ihrer seligen
Mutter und eine kleine Locke von der eigenen Schläfe
befanden. Als die Drei wieder zusammentrafen,
wie war da Alles anders geworden in der Welt,
wie war so manche Schwungfeder im Flügel der
Seele geknickt; wie waren ihre Seelen matt vom
Flug über die Welt, wie waren sie bedeckt mit dem
Staub aus den Gassen und Märkten des Lebens!

Der November des blutigen Jahres 1806 fand
Heinrich Ulex und Fritz Fiebiger, ohne Kenntniß
der Welt, ohne Hilfsmittel, ohne Zweck, freundlos
und verlassen auf der Heerstraße, welche von fremden
Truppenzügen, Zügen von Gefangenen, Marodeurs
und abenteuerndem Gesindel wimmelte. Die Fähr-
lichkeiten waren groß; aber noch größer war doch
das Glück der Jünglinge. Ein dunkler Trieb zog
sie der Hauptstadt zu, und nach mancherlei Schick-
salen langten sie vor den Thoren an in einer Equi-

page des Kaisers Napoleon, nämlich auf einem Ba=
gagewagen der großen Armee. Eine Zeit lang bet=
telten und arbeiteten sie nach Gelegenheit, grade so
heimathlos wie das ganze deutsche Volk, in den
Gassen; dann liefen sie einem Mann vor die Füße,
welcher fast noch übler daran war, als sie. Dieser
Mann war ein untergeordneter Beamter der Polizei,
Namens Meiners, welchen der Sturm der Zeit
von seinem ziemlich bequemen Sitz im Staatsor=
ganismus Friedrich's des Großen heruntergehoben
und unsanft auf den harten nackten Erdboden nieder=
gesetzt hatte. Den rothen Kragen hatte der Secre=
tarius von dem preußischen blauen Rock trennen
müssen; erst hatte er die Berloquen von der Uhr
verkauft und dann die Uhr selbst.

Ein wohlbehäbiges Bäuchlein, welches er vor
der Katastrophe von Jena besaß, schaffte er all=
mälig ab; seine Frau war kränklich, und sein ein=
ziger Sohn hatte vorläufig die gelehrten Bücher in
den Winkel geworfen und die Philologie an den
Nagel gehängt, um seine Eltern kräftiger unterstützen

zu können. Meiners, der Exbeamte, arbeitete in
dem Bureau eines Advocaten, und in demselben
Bureau fand Fritz Fiebiger eine Stelle als Aus-
läufer. Rudolf Meiners hatte eine Stelle bei einem
Buchhändler angenommen und ebendaselbst einen
Platz für Heinrich Ulex ausgemacht. Nichts führt
die Menschen mehr zusammen, als wenn sie in
ihnen ungewohnte Zustände geworfen werden, nichts
versteht das Gleichmachen besser als dira necessitas,
die harte Nothwendigkeit. Um seinem Berufe nicht
ganz untreu zu werden, lehrte der frühere Philologe
Rudolf die beiden Jünglinge Fritz und Heinrich.
Aber nicht bloß Latein trieben die jungen Männer
miteinander. Während die französischen Trommeln
durch die Straßen wirbelten, saßen sie und forschten,
wie es gekommen sei, daß diese fremden Trommeln
so laut werden durften im Lande. Ein begeisterter
Lehrer war der bleiche schwächliche Rudolf, wenn
er vom Auf- und Untergang der Völker, ihren
großen Helden, Weisen, Dichtern und Verbrechern
redete; er hatte aber auch begeisterte Zuhörer, und

vorzüglich der stille Heinrich Ulex trat ihm immer
näher. So gingen die schweren Jahre hin, immer
stolzer, höhnischer wirbelten die fremden Trommeln;
immer eifriger dachten die drei Jünglinge darüber
nach, was zu thun sei, diese frechen gehaßten Klänge
zum Schweigen zu bringen. Sie waren viel früher
darüber im Klaren, als die Zeit, Gedachtes zu
Thaten zu machen, herankommen wollte; aber wäh-
rendbem erwarb Heinrich Ulex mit Hilfe Rudolf's
eine tüchtige Bildung. Sein Beruf zum Gelehrten
trat immer deutlicher hervor. Er vermochte es, mit
Rudolf Meiners ruhig zu sitzen und zu studiren,
während andere haßerfüllte junge Seelen den schlei-
chenden Tagen voranstürmten in die Zukunft und
sich in qualvoller Ungeduld fast verzehrten. Nicht
weniger als die andern jedoch jauchzten Rudolf und
Heinrich, als endlich die im Verborgenen geschmie-
deten und geschliffenen Klingen in's Sonnenlicht
hinausfahren durften.

Es war eine große Stille, und es ward ein
großer Sturm.

Auf einem der ersten Fuhrwerke in der langen,
mit freiwilligen Kämpfern besetzten Wagenreihe,
welche der bedenkliche König Friedrich Wilhelm der
Dritte von den Fenstern des Schlosses zu Breslau
aus ankommen sah, befanden sich Rudolf Meiners,
Heinrich Ulex und Fritz Fiebiger.

Im Tempo maestoso ging jetzt die Weltgeschichte
ihren Gang, und die drei Freunde thaten nach
Kräften das Ihrige dazu, daß sie nicht wieder in's
Stocken gerathe. Bei Leipzig knieten die hohen
Alliirten in ihren weißen Cashmirbeinkleidern nieder
und dankten Gott, daß das Geknalle, Hurrahge=
schrei, Wuth= und Wehegeheul nun endlich einmal
zu Ende komme. Das erboste Schicksal legte den
großen Kaiser Napoleon über's Knie und bearbeitete
ihm nach Kräften einen unnennbaren Körpertheil;
während die allerhöchsten Herrschaften der heiligen
Allianz sammt ihren Diplomaten von Ferne zu=
sahen und der Lehre das entnahmen, was — sie
gebrauchen konnten.

Manch ein weites Feld durch ganz Europa hatte

der Krieg viel besser gedüngt, als die rationellste Landwirthschaftslehre es vermocht hätte. Die Walkyrien machten sich mit dem Gedanken vertraut, sich pensioniren zu lassen; denn ihr Dienst, die Seelen der Gefallenen von den Wahlstätten abzuholen, war zu angreifend geworden.

Rudolf, Heinrich und Fritz fochten bis zum Ende mit; aber zu Paris starb Rudolf Meiners in den Armen Heinrich's. Ein Blutsturz, die Folge der übermäßigen Anstrengungen des Feldzuges, endigte sein junges Leben. Mit leuchtenden Augen starb er; die deutsche Trommel vernahm er in den letzten Stunden noch, wirbelnd durch die französische Hauptstadt: die Schmach des Vaterlandes war gesühnt.

Heim kehrten Heinrich und Fritz. Den Eltern Rudolf's brachte der Erstere die letzten Grüße des Sohnes und eine Locke seines Haupthaars; es war ein traurigstolzes Wiedersehen.

Unter den veränderten politischen Umständen hatte der alte Meiners natürlich seine Stelle wieder-

erhalten und trug wiederum den rothen Kragen auf
dem blauen Rock; aber er war ein gebrochener
Mann, saß am liebsten mit seiner weinenden Alten
im Winkel und ließ sich durch Heinrich Ulex immer
von Neuem von dem todten, tapfern, gelehrten Sohn
erzählen. Zuletzt trat Heinrich in diesem trauernden
Hause fast ganz in die Stelle, die Rudolf einge=
nommen hatte. Er wohnte in dessen Stube, er
benutzte dessen Bücher — die Alten konnten ihn
zu ihrer Existenz nicht mehr entbehren.

Dem Unterofficier der Freiwilligen Fiebiger ver=
schaffte der Commissär Meiners dagegen eine Stelle
bei seiner Behörde, und so wurden beide Kinder
des Winzelwaldes in Stellungen hineingeführt, von
welchen an ihren Wiegen nichts gesungen worden
war.

Der zweite Pariser Friede war geschlossen; man
richtete sich auf's Neue „auf alle Ewigkeit" in dem
zertrampelten blutbespritzten Europa ein. Ueber die
Blutflecke fuhren die Diplomaten mit ihren Pinseln
voll blauer, grüner, gelber Farbe, zeichneten Grenzen

und theilten Nationen im Namen der Einen und untheilbaren Dreieinigkeit, und forderten die Völker auf, demüthig Gott zu preisen und ihm Lob zu singen. Sie selbst freilich priesen nur ihre eigene Schlauheit und Gewandtheit; Gott aber sah, daß es nicht gut war.

Die Universität, welche in der Hauptstadt selbst gegründet war, besuchte Heinrich Ulex. Friedrich Fiebiger erhielt bald die Stelle, in welcher wir ihn zu Anfang dieser Erzählung noch gefunden haben. Er ward darin nicht ein stiller nach den Sternen sehender Weiser, wie Ulex, wohl aber der kaustische, humoristische Betrachter und Beobachter menschlicher Zustände, den wir bereits etwas kennen gelernt haben. Ein Bureaukrat, wie ihn die Welt haßt, verspottet und fürchtet, war er nicht, Keiner seiner Vorgesetzten, selbst Tröster, der Polizeirath, nicht, hielt ihn für das Ideal eines Beamten. Es verstanden ihn wenig Leute; aber noch weniger Leute verstanden Heinrich Ulex den Sternseher und — Juliane, Freifräulein von Poppen.

Ihres eigenen Weges war das Fräulein gegangen, bis sie mit den alten Jugendgenossen wieder
in Verbindung trat. Mamsell Amalie Schnubbe
hatte ihr Bestes gethan, den frischen Geist auf das
gewöhnliche Niveau gesellschaftlicher Liebenswürdigkeit
herabzudrücken. Es war ihr nicht gelungen; und
diese tyrannische Herrschaft hatte auch nur ihre Zeit,
und wurde von dem beherrschten Fräulein abge-
worfen bei der ersten günstigen Gelegenheit. Ueber
den Poppenhof kamen mit der Schlacht bei Jena
schwere Tage. Der alte Dragonerrittmeister war
wie vor den Kopf geschlagen über dies schmähliche
Ende der preußischen Heeresglorie. Immer war er
grobkörnigstolz auf den eigenen Zopf und den der
Armee, welcher er angehört hatte, gewesen, und der
Gedanke, daß ein schlauer Feind das „erste Kriegs-
heer der Welt" bei diesem selbigen Zopfe nehmen
könne, war ihm nimmer gekommen. Ostwärts zu
den Polacken und Russen begab sich die Armee
Friedrich's des Großen auf die große Retirade, und
ließ den Herrn von Poppen auf dem Poppenhofe

unter den feindlichen Fouragirern und Marodeuren
rathlos zurück. Er wurde sehr liebenswürdig gegen
seine Bauern, er war sehr höflich, ungemein höflich,
fast zu höflich gegen die Fouragirer und Nachzügler.
Vollständig zog er sein altes Wesen ab; aber er
warf es nicht fort, sondern hing es sorgsam zu
seiner alten Uniform in den Kleiderschrank, um es
in bessern Zeiten wieder hervorzuholen. Sein Sohn
Theodor ahmte dem Vater so gut wie möglich nach
und saß still zu Hause bis zum zweiten Pariser
Frieden, wo er aus dem Dunkel des Winzelwaldes
hervorkroch und zur Hauptstadt kam, seine militärische
Carriere zu beginnen. Im Laufe der Zeit wurde
er Hauptmann in der Garde, heirathete ein Fräulein
Victorine von Zieger, zeugte seinen Sohn Leon,
ruinirte den Poppenhof gänzlich und starb, ohne
daß durch seinen Tod der Staatsorganismus in's
Stocken gerathen wäre, im Jahre 1835.

In den zwanziger Jahren hatte der Papa Gotthelf das Zeitliche gesegnet, ohne daß er der Tochter
die sorgsame Pflege seiner letzten Tage Dank ge-

wußt hätte. Auch Juliane kam nach der Haupt=
stadt; denn auf dem Poppenhofe unter der Re=
gierung des Bruders war ihre Stelle nicht mehr.
Sie besaß ein Vermögen von zehntausend Thalern,
doch wurde die Hälfte desselben von dem Bruder
zurückgehalten; sie mußte von der bleibenden Hälfte
leben und einen Proceß gegen Herrn Theodor
führen. Erst einige Jahre nach dem Tode des
Bruders wurde dieser Rechtsstreit zu ihren Gunsten
entschieden.

In der Hauptstadt lebte Juliane ganz zurück=
gezogen; sie liebte es, mit den niedern Volks=
schichten zu verkehren und ihnen nach Kräften mit
Rath und That zu Hilfe zu kommen. Sie hatte
das Unglück, an einem dunkeln Winterabend den
Fuß auf einer Leiter, die in eine elende Dachkammer
führte, zu brechen; aber ihr Lebensmuth konnte durch
nichts gebrochen werden. Sie hinkte durch die
Gassen, eine allbekannte und doch geheimnißvolle
Persönlichkeit; sie wurde vielleicht am meisten von
allen Einwohnern der volkreichen Stadt gegrüßt.

Aus dem Giebel des Nikolausklosters hatte Heinrich Ulex nach dem Tode des Meiners'schen Ehepaars sein Observatorium gemacht; in der Musikantengasse hatte sich Fritz Fiebiger eingerichtet; sie wurden allmälig ein Paar alte Junggesellen, und eine ältliche närrische Jungfer war Juliane von Poppen geworden.

In der großen Stadt kann man sich verstecken, wie in dem Winzelwalde; jene hat ihre Schatten, ihre geheimnißvolle Lust und Schauer, wie dieser. Wie in dem Winzelwalde fanden sich die drei frühern Genossen zusammen. Sie waren im Leben arg hin= und hergeworfen; sie suchten die Einsamkeit und die Stille. Sie hatten Alle viel gelernt; aber Jeder sah die Welt auf seine Weise an; am kindlichsten war der Idealist Heinrich Ulex geblieben, am nüchternsten war Juliane von Poppen geworden; der Humorist Fritz Fiebiger bildete das verbindende Mittelglied. In dem Giebel des Sternsehers saßen sie nächtlicher Weile, sahen nach den Gestirnen und beredeten den Lauf der Welt; ihnen

hing die Einsamkeit die lichtblaue Seite ihres
Schleiers über die Augen. Ein neues junges Geschlecht
war um sie her aufgewachsen; das Weib fühlte
am ersten und innigsten das Bedürfniß, mit der
Jugend in Verbindung zu bleiben; — Juliane hatte
sich zur Pflegemutter Helene Wienand's gemacht.

Das war folgendermaßen gekommen. Um das
Jahr 1827 betrat das Freifräulein zum ersten
Male das Wienand'sche Haus. Sie kam in Geld-
geschäften, vergaß aber das Comptoir über Dem,
was sie in dem Hause selbst erblickte. Sie traf es
in der allergrößten Verwirrung und Aufregung.
Der Banquier war in Geschäften verreist; am
frühen Morgen war Helene geboren, und die Mutter
war eine halbe Stunde nach der Geburt gestorben.
Hin und her lief die rathlose Dienerschaft. Ver-
wandte besaß der Banquier in der Stadt nicht;
der Doctor Pfingsten selbst war auf dem Punkte,
den Kopf zu verlieren. Das Kind schrie in seiner
Verlassenheit, die todte Mutter war die einzige Ruhige
im Hause. In diesem Wirrwarr erschien das Frei-

fräulein, wie ein Engel gesandt vom Himmel.
Nachdem sie den Sachverhalt erkundet hatte, be=
mächtigte sie sich resolut der Leitung der Dinge,
und zwar auf eine Art, welche die höchste Bewun=
derung verdiente. Ihren Proceß, ihre Geldnoth,
ihre jungferliche Stellung, Alles vergaß das Fräu=
lein um die unbekannte Todte und das unglückliche
Kind. Sie war nur das tröstende, sorgliche, ord=
nende Weib; und als der Banquier Wienand zu
seinem zerstörten Heimwesen zurückgeeilt war, fand
er die tiefste Ruhe und Ordnung hergestellt, fand
er sein Kind mit Amme und Wärterin auf's Beste
versorgt, fand er sein Weib im geschmückten Sarge
und das Freifräulein in schwarzer Seide, die Bibel
auf den Knieen feierlich ernst neben der Todten.
Als der durch das plötzliche Unglück völlig betäubte
Mann anfing, sich wieder zu besinnen und das Ge=
schehene zu begreifen; als er dann von dem Doctor
Pfingsten vernahm, was er der fremden Dame
schuldete, da sah er ein, obgleich er von Herzen so
egoistisch, wie irgend Jemand war, daß er dem

11*

Freifräulein auf keine Art jemals sich dankbar genug
beweisen könne. Er betheuerte ihr das auch einmal
über das andere, Juliane jedoch rümpfte die Nase,
sagte: „Dummes Zeug, Albernheit!" strich ihr
Kleid auseinander und glatt, und lud dem Banquier
gleichmüthig die Beaufsichtigung des großen Processes Poppen contra Poppen auf. Das kleine
mutterlose Mädchen aber hatte sie unendlich in ihr
Herz geschlossen, und es und der Proceß bewirkten,
daß kein Tag verging, ohne daß das Freifräulein in
dem Hause des Banquiers erschien, die Leitung von
beiden zu besprechen. Der Banquier nahm sich
denn auch des Processes auf's Beste an, sorgte für
die tüchtigsten Consulenten und Advocaten und
hatte wirklich an der glücklichen Beendigung desselben
einen nicht geringen Antheil.

Einen bessern Ersatz für die verlorene Mutter
als Juliane von Poppen hätte der Banquier Wienand seinem Kinde durch all sein Gold nicht er-
kaufen können. Das Freifräulein wurde der Schutz-
engel, welcher das kleine Mädchen in die Höhe hob,

von der es frei und gesichert in das Gewühl der
armen Menschheit blicken konnte. So wuchs und
gedieh Helene Wienand unter diesem guten Schutz
und ward zu einem an Leib und Seele schönen
Jungfräulein, und der Banquier wunderte sich oft
instinktiv darüber, wie die „Gnädige" es anfing,
alle löblichen Eigenschaften des Kindes zu finden,
zu erwecken und zur Blüthe zu bringen. Der
Banquier, der in ganz andern Anschauungen lebte,
bekam zuletzt nicht nur Respect vor dem hinkenden
Freifräulein — das verstand sich von selbst —
sondern auch vor seinem Töchterlein. Auf diese
Weise erreichte Helene Wienand ihr achtzehntes
Jahr, und wir fanden sie auf dem Wege unserer Geschichte, wie wir sie im Anfange geschildert haben.

Siebentes Capitel.

Auf dem Observatorium des Sternsehers Heinrich Ulex. Fräulein Juliane von Poppen hat eine Entdeckung gemacht.

———

An die Thür des Astronomen Heinrich Ulex klopfte Friedrich Fiebiger, der Polizeischreiber. Trotzdem es nicht leicht denkbar war, daß ein irgend Unbekannter zu dieser Zeit der Nacht sich hierher störend verlieren könne, war die Pforte doch doppelt und dreifach verriegelt und öffnete sich auch nicht so leicht, wie die Thür zum Polizeibureau Nummer Dreizehn, oder irgend eine andere vielgebrauchte Thür. Sie öffnete sich mit Gekreisch und schloß sich mit Geknarr. Der Mann, welcher den Riegel weggeschoben hatte, sah fast aus wie der Zauberer

im Märchen, — ein echter Gelehrter im langen
grauen Schlafrock, graubärtig und grauhaarig. Er
nickte dem Eintretenden freundlich, aber kurz zu und
schritt schnell zu einem Teleskop zurück, welches
gegen den Nachthimmel, der allmälig ziemlich klar
geworden war, und an dem nur noch dann und
wann eine schnelle Wolke hinjagte, gerichtet war.
Unbekümmert darum, ließ sich der Schreiber in der
Nähe des kleinen Kachelofens in einem Lehnstuhl
nieder und sah dem Forscher gleichmüthig zu; ein
Fremder würde sich jedenfalls verwundert in dem
Gemach umgesehen haben. Mit Büchern und In=
strumenten war es vollgestopft, wie das Studir=
zimmer des Faust. Merkwürdigkeiten aus allen
Naturreichen, Globen, astronomische Geräthschaften
waren überall hingestopft, wo Raum war und auch
nicht war, und schienen es darauf abgesehen zu
haben, den Unvorsichtigen überall zum Stolpern zu
bringen. Auf dem grünbehangenen schwerfälligen
Tische neben der Lampe, unter ungeheuern Haufen
beschriebenen Papieres stand ein zierliches Kunstwerk

des achtzehnten Jahrhunderts, eine sogenannte Sphära armillaris, das Copernicanische Weltsystem kunstreich und ganz vortrefflich darstellend. An der Wand hing eine genaue Abbildung der mensa Isiaca neben einem schönen Bildnisse Kepler's. Des Jesuiten Kaspar Schott's Magia naturalis von 1657 lag auf einem Seitentischchen neben Hegel's Naturphilosophie, und Vanini's de admirandis Naturae Reginae, Deaeque Mortalium arcanis libri IV neben Kant's Kritik der reinen Vernunft, Jordani Bruno's Spaccio della bestia trionfante neben Schelling's Buch über die Weltseele.

Eine geraume Zeit blickte der Sternseher, der Erdenwelt vollständig entzogen, durch sein Rohr, bis er sich endlich mit einem befriedigten Seufzer gegen den späten Besucher umwandte.

„Eine sehr schöne Constellation, Fritz. Beinahe hätte die Wolke, die jetzt dort zieht, mich ihren Gipfelpunkt verlieren lassen. O die Wolken und die Mauern! Es ist ein Leiden, da hat mir dort südwärts wieder ein Mensch ein Stockwerk auf sein

Haus gesetzt und mir meinen herrlichen Fomahand
geraubt, der Barbar, — grad am Maul des mit-
tägigen Fisches. Der Globus aerostaticus ist auch
schon fort mit den Schenkeln des Wassermanns.
Wie lange wird's dauern, so verliere ich auch den
Scheat, den Markab, den Algenib — den ganzen
Pegasus. Sie rammen die Gerüste schon ein.
Wahrlich, da möchte man wohl Bellerophon sein,
um dieses Ungeheuer von aufschwellender Stadt,
dieses chimärische Unthier von Mörtel, Ziegel, Elend
und Essenqualm niederzureiten in den Schmutz, aus
dem es entstanden ist. Das ganze Firmament noch
wird es mir dunkel und gierig verdecken. Ach,
meine schönen Sterne! Immer höher muß man
steigen, je mehr das Irdische anbringt. Uebrigens
freue ich mich, Fritz, daß Du noch gekommen bist;
in jetziger Jahreszeit muß man auf jeden klaren
Augenblick achten und ihn benutzen. Sieh her, ich
will — o weh — da sind die Wolken wieder! Ach,
meine schönen Sterne!"

„Laß die Sterne, sie werden in einer andern

Nacht um so heller scheinen; ich habe Dir etwas
Anderes mitzutheilen, welches auch Dich angeht;
denn auf Dich habe ich in mehr als einer Hinsicht
dabei gerechnet!"

„Nun?"

„Ich will mich verändern!"

Der Sternseher sah den Schreiber höchst ver=
wundert an:

„Du — Du — willst Dich verändern — jetzt
noch? — heirathen, Du — o Fritz, Fritz!"

Lachend schlug Fiebiger mit beiden Händen auf
die Kniee:

„Sehr gut! ausgezeichnet! Na, beruhige Dich,
mein Alter; ganz so schlimm habe ich es doch nicht
mit mir im Sinn. In anderer Art will ich mich
verändern —"

„Ausziehen?!"

Der Schreiber schüttelte den Kopf:

„Auch das nicht; ich liebe die Musikantengasse
und die hintere Aussicht auf diesen wackligen när=
rischen Giebel und diesen Tubus, Heinz. Ich bin

mit der Laterne umhergegangen, habe gesucht und endlich den jungen Taugenichts gefunden, den ich adoptiren will. 'S ist ein Landsmann aus dem Winzelwalde, Heinrich Ulex; 's ist ein Poppenhagener."

„Also das ist's; gottlob!" seufzte der Astronom. „Erzähle mir mehr davon. Es ist ein wichtiger Schritt; hast Du vorher auch nach den Sternen gesehen, Fritz?"

Der Schreiber zuckte die Achseln:

„So gut wie möglich. Wer kann ihnen aber völlig trauen? Sicherlich nicht ein Polizeischreiber, der bald sein fünfundzwanzigjähriges Jubiläum feiert."

„Erzähle!" sagte Ulex.

Friedrich Fiebiger gab nun Bericht über Robert Wolf; gab an, wie er zuerst mit dem Knaben in Berührung gekommen sei; wie er sich bemüht habe, den Charakter desselben bis in die kleinsten Einzelheiten zu erkunden, und was er gefunden. Dann erzählte er von den Vorgängen im Centralpolizei-

hauſe, und wie er zuletzt in das Geſchick Robert's
eingegriffen habe.

Während der ausführlichen Mittheilungen des
Freundes ſchüttelte der Aſtronom öfters den Kopf;
noch öfters neigte er ihn aber auch billigend, und
als Fiebiger endlich ſeine Erzählung beendet hatte,
ſagte er:

„Hundertundfünfzig Jahre früher wäre ich ſtatt
eines Sternguckers ein Sterndeuter geweſen, und
Du, Fritz, wäreſt zu mir gekommen, um das Ho=
roſkop Deines Schützlings ſtellen zu laſſen. Wir
Beide hätten dann der großen Kunſt im Guten wie
im Böſen vertraut, und Alles wäre in Ordnung ge=
weſen. Heute lieſt man nicht mehr der Menſchen
Fatum aus den Sternen. Die gehen droben ruhig
ihren ewigen Weg; wir irren unruhig hienieden, hin=
und hergetrieben wie Blätter im Winde, unſern
kurzen Pfad. Wahrlich, man ſehnt ſich oft nach
der Zeit der Aſtrologie zurück, man wagt nur nicht,
es ſich und Andern zu geſtehen. Uebrigens will
ich Dich nicht tadeln, Fritz, weil Du handelteſt, wie

Dein Herz und Wunsch Dich trieb. Der Eine schiebt, je älter er wird, desto mehr Riegel zwischen sich und die Welt; der Andere öffnet ihr, je älter er wird, desto weiter Thür und Thor. Jeder sieht und empfindet den Sonnenuntergang auf verschiedene Weise; denn Jeder hat den Morgen, Mittag und Nachmittag auf eine andere Art hingebracht, hat andere Freuden, hat andere Leiden genossen und erduldet, und trägt deshalb eine andere Stimmung in die letzte Stunde des Tages. Du hast vielleicht ein kluges Werk gethan, Fritz; ich will Dir das beste Glück dazu wünschen. Morgen magst Du mir Deinen Schützling zeigen; wir wollen sehen, was daraus zu machen ist."

„Du willst mir also helfen, ihn zu einem echten tüchtigen Menschen zu bilden?" fragte der Schreiber.

Der Sternseher seufzte lächelnd:

„Da haben wir es! Was helfen mir nun wieder alle meine Riegel? Ach, meine stillen Sterne!"

„Willst Du mir helfen, den Knaben zu erziehen?"

„Kann ich das schöne Mädchen ihm aus Sinn

und Seele jagen? Latein und Griechisch will ich
ihm beibringen; aber die Leidenschaft aus ihm zu
treiben, ist Eure Sache, Ihr Kinder dieser Welt.
Mit den Leidenschaften habe ich nichts mehr zu
thun, seit ich mich den Sternen ergeben habe."

„Bah, es würde ein hübsches Leben in der
Welt werden, wenn wir die Leidenschaft hinaus-
peitschten, Ulex. Es ist doch besser, wir verstecken
uns nicht Alle in einem solchen Giebel, wie Du,
Heinrich. Was würde aus diesem Erdball werden?
Ein vergessener Käse, der im Küchenschrank zerfließt.
Was für eine vita aequivoca würde daraus ent=
stehen — brr! Vivant homunculi — quanti sunt!
Ich hoffe, der Weltgeist braucht noch lange nicht auf
ein Sparendchen gesteckt zu werden."

Es klopfte wieder an der Thür, und Heinrich
Ulex fuhr empor; ein heller Schein fuhr über sein
Gesicht, als er ungemein schnell öffnete. Der
Schreiber rieb die Hände, nickte grinsend und mur=
melte:

„O Philosophie der Entsagung; armer Heinrich."

In das Erkerzimmer des Sternsehers trat Juliane von Poppen; eine merkwürdige Gruppe bildeten die drei alten Leute in dem merkwürdigen Gemache.

Das Freifräulein trat ziemlich erregt ein, sie brachte aus der Gesellschaft des Banquiers Wienand eine Entdeckung mit, welche für den Polizeischreiber und dessen Schützling von der größten Wichtigkeit sein mußte. Gleich von Anfang an hatte der junge Deutschamerikaner, welchen der Hauptmann von Faber einführte, ihr höchstes Interesse erregt, und dieses Interesse schien auf der andern Seite ebenfalls vorhanden zu sein; denn Herr Warner wandte sich im Verlauf der Unterhaltung bei Weitem am meisten an das Freifräulein, und so konnte es nicht fehlen, daß das Gespräch sich bald ziemlich zwischen ihnen abspann, und die Andern zu Zuhörern wurden, welche nur dann und wann ein Wort einfließen ließen.

Wie es ebenfalls nicht anders sein konnte, kreuzte das Gespräch bald die „große Pfütze," das Atlantische Meer, wobei jedoch mehr die Poesie der

See, ihr Leuchten, ihre wilden und milden Stim=
mungen, als der Jammer der Seekrankheit berührt
wurden.   Vom Meere glitt die Unterhaltung hin
und her über das unermeßliche Gebiet der großen
Republik, und Fredy Warner zeigte sich wohlbe=
wandert in den Antinomien derselben, und sprach
über Sclavenhalter und Abolitionisten, über Natives,
Knownothings, Teatotaller, Locofocos, Republikaner
und Demokraten mit dem kühlen Blick des philo=
sophischen Beobachters, der sowohl Sam Slick wie
Martin Chuzzlewit gelesen hatte.   Aus dem Con=
greßsaal zu Washington glitt das Gespräch leicht
durch einen Quadronenball zu New=Orleans, um
sich in die feierlichen Schatten des jungfräulichen
Urwaldes zu verlieren, und was man so oft in mehr
oder weniger gelungenen Schilderungen, in Seals=
field oder Cooper gelesen hatte, mußte erblassen vor
dem lebendigen Wort.   Der Erzähler hatte selbst
Alles durchgemacht, war von Indianern verfolgt,
von Mosquitos zerstochen worden und brachte auf
das große Theater zwischen dem Atlantischen und

dem Stillen Ocean so viel individuelle Züge, daß
das Freifräulein und Helene Wienand lauschten,
wie einst die Damen von Venedig dem unsträflichen
Aethiopier, dem rodomontirenden wollhaarigen Feld=
herrn. Wie aber war es gekommen, daß die Unter=
haltung sich aus den Urwäldern der Republik in
den von einer hohen königlichen Forstverwaltung
löblich cultivirten Winzelwald versetzt fand? Daran
hatte das Fräulein von Poppen allein Schuld.
Das alte Fräulein, immer noch beschäftigt mit der
Geschichte Robert Wolf's, heftete immer schärfere,
forschendere Augen auf den jungen Amerikaner.
Es waren demselben einzelne Andeutungen entfallen,
welche vermuthen ließen, daß der Winzelwald ihm
gar nicht unbekannt sei, und hoch hatte Juliane
aufgehorcht. Sonst gegen Fremde nicht sehr zur
Mittheilung ihrer Gefühle geneigt, wurde sie mit
einem Mal ganz lebendig; ließ sich zuerst in eine
Charakterschilderung der Berge und Wälder ihrer
Heimath ein; sprach dann eingehend über das Dorf
Poppenhagen und den Poppenhof und erwähnte

zuletzt, aus dem Dunkel ihrer Divanecke scharf nach
dem Amerikaner hinüberlugend, die Forsthütte zum
Eulenbruch. Immer nachdenklicher und träumerischer
war Mr. Fredy Warner geworden; als aber das
Freifräulein den Eulenbruch und die Familie Wolf
erwähnte, schien er mit seiner Dankeeselbstbeherrschung
zu Ende zu sein, und es war die höchste Zeit, daß
Juliane von Poppen diesen Gesprächsstoff fallen ließ.
Freundlich nickte sie dem Amerikaner zu und erhob
sich, um Helene Wienand zu Bett zu schicken und
selbst die Gesellschaft des Banquiers zu verlassen.
Man nahm Abschied voneinander, und auch der
Amerikaner nahm Hut und Mantel und begleitete
das Freifräulein die Treppe hinunter. Sie traten
zusammen vor die Thür, und hier beugte sich der
junge Fremde auf die Hand der alten Dame, küßte
sie und sagte:

„Sie kennen meinen Namen, — Sie wissen,
was meinem armen Bruder geschehen ist. Darf
ich Sie bitten, das Geheimniß Fredy Warner's zu
bewahren?"

Das Freifräulein lächelte gutmüthig:

„Ich bin keine Plaudertasche, seien Sie unbesorgt, Herr — Herr Warner."

In diesem Augenblick wollte ein junger Herr in einem Pelzüberrock vor der Thür des Banquiers vorbeischreiten, hielt aber an und rief mit etwas näselnder Stimme:

„Ah, 'ma tante, — und auch Herr Warner! Gnädige Tante, ich habe das Vergnügen, Ihnen den angenehmsten Abend zu wünschen."

„Kennen. Sie meinen Neffen, Herr Warner?" fragte das Freifräulein verwundert.

„Ich habe die Ehre," sagte der Amerikaner, sich verbeugend.

„Nehmen Sie sich in Acht; er besitzt das Talent, sich und Andere lächerlich zu machen. Bösherzig ist er nicht, aber albern. Wir sind ein Geschlecht im Niedergang, Herr Warner."

Der Amerikaner verbeugte sich, Leon von Poppen lachte.

12*

Das Freifräulein stieß ihren Krückstock auf den
Boden und rief:

„Sie lachen, Leon; aber andere Leute lachen
noch lauter. Es ist nicht angenehm, Herr Warner,
unter dem Gelächter einer ganzen Nation zu Grabe
zu gehen."

Damit ließ sie die beiden jungen Leute stehen
und humpelte in die Nacht hinein. Sie bedurfte
nie eines Wagens; überall boten sich ihr hilfreiche
Hände bei Tag und Nacht, auf allen ihren Wegen.
Sie brachte ihre Entdeckung zu dem Giebel des
Sternsehers; noch einmal ließ sie sich daselbst von
dem Polizeischreiber genau die Geschichte Robert
Wolf's erzählen; dann sagte sie:

„Gut gemacht, Friedrich Fiebiger. Haltet Euch
an die Jugend, so werdet Ihr selbst jung bleiben.
Uebrigens beginnen die Verwicklungen für Sie be=
reits, Fiebiger!"

„Wie so, Fräulein Juliane?"

„Ihr Schützling hat einen Bruder, welcher vor
Jahren in die weite Welt ging. Er ist zurückge=

kommen — dem Anschein nach ganz ein Gentleman. Heute Abend habe ich ihn bei dem Banquier Wienand getroffen. Er nennt sich Warner — ein hübscher Mann."

Der Schreiber faltete kläglich=komisch die Hände und rief:

„Und die Polizei, ohne deren Wissen kein Haar vom Kopfe fallen darf, weiß nichts davon! Der Bursch hat unter andern Bürgerpflichten auch seine Militärpflicht versäumt — vier Jahre Einsperrung. Aber das ist in der That eine merkwürdige Nachricht! Es lebe die Caprice des Schicksals!"

„Was willst Du nun thun, Fritz?" fragte der Astronom.

„Das Vernünftigste," antwortete der Schreiber, „den morgenden Tag abwarten."

Keiner von den drei Leuten auf dem Observatorium des Sternsehers ahnte, daß in diesem Augenblick bereits diese Verwicklung sich ohne ihr Zuthun löste. Keiner von ihnen hatte an den Lebensfäden, die sich hier verschlangen, mitgesponnen.

Die Freunde trennten sich bald. Der Schreiber begleitete das Fräulein von Poppen zu ihrer Wohnung, kehrte dann nach der Musikantengasse zurück und fand Robert Wolf noch immer im unruhigen Schlummer. Als er mit der Lampe vor sein Lager trat, fuhr der Knabe erschreckt auf und starrte seinen Beschützer wild an. Der Schreiber drückte ihn sanft wieder nieder und sagte:

„Liege still, mein Junge, wir wollen schon darüber wegkommen."

————

Achtes Capitel.

Herr Leon von Poppen wundert sich ganz ungemein.

„Wundern Sie sich nicht so sehr über das, was Sie eben vernahmen, cher ami," sagte vor der Thür des Banquiers Wienand Leon von Poppen zu dem Amerikaner, nachdem das Freifräulein sich entfernt hatte. „Meine Mama und meine gnädige Tante leben auf dem Kriegsfuße, wie zwei Ihrer indianischen Stämme. Scalpiren werden sie sich freilich nicht, denn sie tragen Beide falsche Locken — von meiner Mama weiß ich es genau und von ma tante glaube ich es sicher. Zwischen einer wohlbeleibten Douairiere und dieser dürren alten Jungfer tänzele ich mit gestopfter Friedens-

pfeife hin und her, kann sie aber durchaus nicht
anbringen — ungeheuer gute Schule für einen an-
gehenden Diplomaten, eh?! Freut mich übrigens
ungemein, Sie getroffen zu haben, cher. Soll ich
Sie jetzt der Krone der Schöpfung, meiner schönen
Herrin, meinem wilden Waldvogel vorstellen? Par-
bleu, kommen Sie, ich will Ihnen meine jungfräu-
liche Teufelin zeigen, und Sie sollen mir als Un-
parteiischer sagen, ob ich nicht Recht habe, mich
für solch ein Wesen dem Gespött und Gelächter
des ganzen diplomatischen Corps, der ganzen Garde
— messieurs von der Linie nicht erwähnt —
auszusetzen. Kommen Sie, wir werden noch grade
rechtzeitig zum Dessert kommen, und Sie werden
das schönste Mädchen der Stadt, Eva Dornbluth,
sehen.

„Führen Sie mich," sagte der Amerikaner, und
der Baron konnte den Ausdruck seines Gesichtes für
Lächeln nehmen, obgleich Friedrich Warner nicht
lächelte. „Sie sollen mir ein guter Führer sein,"
sagte Freby ein wenig grimmig.

Hell waren die Fenster Eva Dornbluth's er=
leuchtet, und schon auf der Treppe, welche in das
dritte Stockwerk des Hauses in der Lilienstraße
Nummer Zwölf führte, vernahmen die späten Be=
sucher Lachen und fröhliche Stimmen in lautester
Unterhaltung, und der Baron von Poppen sagte
mit komisch=ärgerlichem Achselzucken:

„Hören Sie, Liebster, es ist unglaublich, mit
welcher rapiden Schnelligkeit und Sicherheit sich
jedes beliebige Weib auf die höchsten Spitzen der
Cultur erhebt. Ich mache Sie darauf aufmerksam,
daß die Schönheit, welche ich Ihnen jetzt zeigen
werde, vor kaum nennenswerther Zeit ein linkisches
Bauermädchen in einem kleinen Waldnest, dem ab=
scheulichsten Aufenthaltsort unter der Sonne, war.
Wir besitzen daselbst ein Gut, wenn die Last der
Hypothekenschulden es nicht in diesem Augenblick
bereits in den Sumpf, aus welchem es aufgeschossen
ist, wieder herabgedrückt hat. Mir gebührt wohl
zumeist der Ruhm, diese holde Blüthe, Eva Dorn=
bluth, in ihr rechtes Erdreich versetzt zu haben.

Diable, wenn ich nur auch die Schmetterlinge und
Hummeln von ihr fernhalten könnte. Hören Sie
nur, welch ein Gesumm! Wie viele Insecten mögen
meine Centifolie jetzt wieder mit gespitzten Saug=
rüsseln umschnurren. Bah — entrons. Ich bin's,
cara mia; Du wirst auch immer hübscher, Kleine."

Die letzten Worte waren an eine junge roth=
bäckige Magd, welche den beiden Herren entgegen=
kam, gerichtet; sie knixte, aber die Schmeichelworte
des Barons schienen nicht den geringsten Eindruck
auf sie zu machen, und einer thätlichen Liebkosung
entzog sie sich auf gar nicht buldsame Weise. Durch
ein Vorzimmer traten der Baron und der Ameri=
kaner in das Gemach, aus welchem der Lärm der
Unterhaltung ihnen so heiter entgegenschallte. Fredy
Warner hatte die Oberzähne auf die Unterlippe ge=
setzt; aber der sorglose junge Diplomat Leon von
Poppen glaubte ihn in der gemüthlichsten Stim=
mung von der Welt. Eine Fluth von Licht schlug
ihnen hinter den dunkelblauen Portieren entgegen.
An einer Tafel, welche mit den Trümmern eines

reichen Nachtisches bedeckt war, saß inmitten einer
ziemlich exaltirten Gesellschaft junger Herren der
höhern Stände und junger Damen vom Theater
und der Oper die schöne Eva, die Herrin des
Festes. Mehrere der männlichen Gäste hatten ebenfalls erst vor Kurzem den Salon des Banquiers
Wienand mit dem Eva's vertauscht, und schienen
sich hier bedeutend weniger zu langweilen.

„Schöne Seelen treffen sich," rief der Eine derselben lachend dem Amerikaner entgegen, indem er
den Kork einer Champagnerflasche gegen die Decke
fliegen ließ. Allgemeiner Jubel begrüßte den Baron von Poppen, und dieser faßte den Amerikaner
am Arm, führte ihn gegen die sich erhebende Eva,
stellte ihn vor und empfahl ihn mit einigen Scherz-
worten ihrer Gunst und Gnade. Niemals in seinem
Leben hatten sich die Geisteskräfte Fredy Warner's
in solcher Verwirrung befunden, wie in diesem
Augenblicke, wo die hohe Gestalt sich aus dem
Durcheinander der aufgeregten Gesellschaft vor ihm
erhob, und die Augen gegen ihn aufschlug. Es

war ein Glück für den Fremden, daß die allgemeine
Heiterkeit schon einen solchen Grad erreicht hatte,
daß alle feinere Beobachtung zu einer Unmöglich=
keit geworden war.

Einen kurzen Augenblick sahen sich Eva und
Friedrich an; ein Schatten zwischen Schreck, Stau=
nen, Zweifel und — Beruhigung glitt über das
stolze, kluge, schöne Gesicht des Mädchens.

„Seien Sie willkommen, Herr; — dort ist noch
ein leerer Platz!" sagte sie, und der Amerikaner
griff nach der Lehne des Sessels:

„Ein leerer Sessel mitten im Fest! Störe ich
auch keinen Geist von ihm auf? Ist's nicht der
Stuhl Banquo's im Saal zu Fores?"

Wieder fuhr der Schatten über die Stirn der
Herrin des Festes; aber siegreich brach das stolze
Lächeln hervor:

„Wir haben nicht den Schlaf ermordet und
fürchten die Geister nicht. Setzen Sie sich, Herr!"

Man ließ sich wieder nieder an der Tafel, und
Warner nahm seinen Platz Eva gegenüber ein.

Seine hübschen und etwas albernen Nachbarinnen
bemächtigten sich sogleich seiner und zogen ihn in
ein lebendiges Geschwätz, während welchem er seiner
Aufregung vollständig Herr ward und kalt und
klar in das Gewirr der Dinge und Personen um
ihn her blicken konnte.

Seine ganze Seele haftete aber nichtsdesto-
weniger einzig und allein an seinem Gegenüber.
Da war wirklich die Schönheit, die hervorbricht
gleich Heeresspitzen. Grade so mußte Kleopatra
den Becher erhoben und über den goldenen Rand
den Triumvir Marcus Antonius angeblickt haben.
In die dunkelste Seele mußte sich dieses Auge sen-
ken, wie der Blitz der Sonne in das tiefe Meer.
Und diese Locken; nicht zu bändigen waren sie; in
schwarzen Fluthen und Wellen wehrten sie sich mit
unbesiegbarem phantastischen Eigenwillen gegen die
Goldbänder, welche sie zusammenhalten sollten;
triumphirend rollten sie nach anmuthvollem Siege
über die weißen Schultern. Und diese Stimme!
So bekannt und doch so verändert voll und tief!

Trotz seiner Selbstbeherrschung stand der Bürger
der amerikanischen Republik auf dem Punkte, sich
ungeheuer lächerlich zu machen. Er griff nach dem
silbernen Dessertmesser wie nach einem mexikanischen
Dolch. Aber wieder gelang es ihm, das Zähne=
knirschen in ein sorgloses, heiteres Lachen zu ver=
wandeln und dem Witz mit Witz zu begegnen.

„Ah, clear the wrack," stöhnte er dabei in der
Tiefe seiner Seele. „Es ist Alles aus, aber es
wird sich finden — die Falsche, Schamlose!"

Seine beiden holden Nachbarinnen wollten aller=
lei über die Theaterwelt jenseits des Atlantischen
Meeres wissen, und mit komischer Kraft vertiefte
sich Fredy in dies inhaltvolle Thema; gleich einem
Eingeweihten, gleich dem großen Barnum selber,
redete er über managers, über actors und actresses
und gestand zuletzt unter lautem und allgemeinem
Bravoruf, er selbst habe eine Zeit lang als Sänger
money gemacht und großen Beifall errungen auf
mehr als einem deutschen Theater unter dem Ster=
nenbanner.

„Originell!" lachte der Baron von Poppen, und die übrige Gesellschaft verlangte fast einstimmig den Beweis der Wahrheit.

Eine kleine Ballettänzerin pirouettirte zu dem Pianino und öffnete es; eine Sängerin bot dem sich gleich erhebenden Amerikaner den Arm; einen langen Blick warf Freby Warner auf die Wirthin. Diese hatte die letzte Zeit nicht mehr den gewohnten glänzenden Antheil an der Unterhaltung genommen; ernst und stumm saß sie da, stützte das schöne Haupt mit der Hand und blickte starr vor sich hin. In den Lichterglanz ihres Festes, in die heiße Atmosphäre ihrer Gemächer war ein reinerer Schein gefallen, hatte sich ein berauschenderer Wohlduft gemischt. Den nämlichen Glanz sah sie leuchten, welchen der arme Robert sah, als er auf dem schmutzigen Straßenpflaster lag, und Helene Wienand sich über ihn beugte. Entrückt war Eva Dornbluth ihrer Umgebung; in ihrer Heimath befand sie sich, sie sah die Morgensonne durch das niedere Fenster der Hütte strahlen, den Kuckuck der alten

Schwarzwälderin am Ofen hörte sie und den Kuckuck
draußen am Saume des Waldes, das frische We=
hen, das aus dem Winzelwalde herüberhauchte,
athmete sie — und dazu klang ein Lied auf dem
steilen Pfade, der von den Bergen niederführte in's
Dorf. Die Träumerin fuhr empor; Fredy Warner
hatte sich am Clavier niedergelassen, und, nachdem
er einige wilde Accorde angeschlagen, folgendes Lied
begonnen:

„Es war ein Schiff aus Portugal,
Das fürwärts, immer fürwärts fuhr,
Und durch der Tropenmeere Schwall
Zog leuchtend seine Feuerspur.

Die Nacht war heiß und düstevoll,
Und dunkel war's, ja dunkel war's;
Im glüh'nden Wind das Segel schwoll,
Der Schwinge gleich des Meeresaars.

Es drängt sich der Matrosen Schaar:
O blickt empor, o schaut empor,
Wie Sternenbilder wunderbar
Sich heben aus der Fluth hervor!

Welch' nördlich Auge blickte je
Auf solchen Schimmer, solche Pracht;
O wundersame fremde See!
O glänzend' Wunder fremder Nacht!

Ein stolz' und glückhaft Schiff es war,
Und glücklich war der kühne Mann,
Der, muthig trotzend der Gefahr,
Zuerst die Linie gewann.

Ob fremd die See, ob fremd die Nacht,
An seinem Steuer stand er da;
Trauend der fremden Sterne Macht,
Im Herzen jauchzend; India!"

Die Gesellschaft war außer sich vor Vergnügen und gab das durch die gewöhnlichen Zeichen und Worte zu erkennen; Eva Dornbluth aber hatte die Augen noch mehr mit der Hand beschattet, hatte die Stirn noch tiefer gesenkt; der Sänger begann ein Zwischenspiel, während welchem er halb über die Schulter zu der Gesellschaft sprach:

„Well, ladies and gentlemen, ist das nicht ein Narr, mein armer Capitän? Armer Capitano; wer glaubt, daß es sich verlohnt, nach den Sternen

auszusehen vom Stern des Schiffes? Ein guter
Compaß und eine gute Seekarte sind besser und
treuer, als alle Leiern, Löwen, Kreuze und Jung=
frauen am Firmament! go ahead!"

Und wieder begann er mit voller Stimme:

> „Dem kühnen Seemann gleich ich bin,
> Steuernd mein Herz durch wonn'ge Nacht,
> Hoffend auf seligsten Gewinn,
> Trauend auf neuer Sterne Macht.
>
> Ja fremder Lichter fremder Lauf,
> Sternbild der Liebe himmlisch hehr,
> Stieg mir zu Häupten glänzend auf,
> Zieht seine Bahnen vor mir her.
>
> Nun schwebt mein Herz in Wonnen hin,
> Durch fremde, niegeahnte Pracht;
> Ob ich im Traum, im Wachen bin,
> Wer sagt mir das in solcher Nacht?
>
> Wie ist mein Himmel sternenvoll,
> Wie ist mein Leben überreich;
> Und wenn ich morgen scheitern soll,
> Den ew'gen Göttern bin ich gleich!"

Abermals sprach während dem Zwischenspiel Fred Warner zu der Gesellschaft:

„Sollte man es für möglich halten, daß ein Thor sich dergestalt seiner Thorheit rühmen könne? Ich bitte Sie! Es ist nur gut, daß der Ocean nicht mit sich spielen läßt, und Träumer hinunterreißt zu den Nixen, Sirenen und andern Wasserweibern. Hier ist eine andere Weise:

> In sonniger Jugend fuhr ich aus,
> Wie blitzte das Meer, wie flammte der Muth!
> Viel gute Gesellen führt' ich hinaus,
> Die hielten das Schiff mir in wackerer Huth.
>
> Die Flagge der Liebe wehte vom Mast.
> Es lenkte die Hoffnung das Steuer recht;
> Im Raume barg sich manch köstliche Last,
> Zu gut war kein Wind, und kein Wind war zu schlecht.
>
> Fein blank war das Schifflein, die Segel stark,
> Furchtlos war das Herz, das Auge war klar;
> An jeglicher Küste flaggte die Bark',
> Gefeit war sie gegen jede Gefahr.“

Der Sänger griff immer wilder in die Tasten; die Stimmung der Gesellschaft hatte sich ganz und

13*

gar geändert; man war verwundert, man sah sich
an; nur Leon von Poppen konnte sich gelangweilt-
lächelnd zu Eva Dornbluth beugen und fragen:

„Was hat meine Königin? Eh, eigenthümlich
hinterwälblerisches Gebahren dieses Fremdlings, —
was? Originell, urwälblerisch, urthümlich — eh?!"

Mit der Handbewegung einer Königin wies
Eva den Schwätzer zurück, und mit derselben Handbewegung schien sie alle die andern Herren und
Damen in eine unendliche Entfernung zurückzuweisen; ihre Augen flammten, ihre Lippen waren zu-
sammengepreßt; wieder klang wild trotzig des Ame-
rikaners Stimme:

> „Nun hab' ich geschlafen beim wilden Orean,
> Und Mondscheinnächte in Sorgen durchwacht,
> Und Freuden, und Leiden, und Kampf bot die Bahn,
> Doch gut hab' mein Fahrzeug ich durch gebracht.

> Jetzt breiten die Nebel sich über dem Meer,
> Herab sanken Flagge und Segel zerfetzt;
> Zerbrochen das Steuer! so treib' ich einher
> Und sinke im lustigen Tanze zuletzt.

Viel besser, zu sinken im lustigen Wehn,
Als liegen, und faulen, und modern am Strand;
Viel besser, im Sturme zu Grunde zu gehn,
Als langsam verkommen, versinken im Sand!"

Den Sessel stieß Fredy Warner aufspringend zurück; durch den Beifallsruf der Gesellschaft klang ein heller Schrei aus dem Munde Eva Dornbluth's:

„Fritz! Fritz! Du bist es! O höre mich, ehe Du gehst!"

Die Anwesenden standen sprachlos, mit Händen, die eben noch bereit waren, ineinander zu klatschen; dem Baron von Poppen fiel das Glas aus dem Auge und die Unterlippe herab, als seine chère amie seinem cher Americain die Hände entgegenstreckte, verlangend, fordernd und bittend.

Das Handgelenk Eva's faßte der Fremde mit eisernem Griff:

„So hast Du mich zuletzt doch kennen müssen?!"

„Ich bitte die anwesenden Damen und Herren, die nöthige Ruhe zu bewahren," lispelte Leon. „Mademoiselle Eva, wer ist dieser amerikanische

Herr? Bitte, Coralie, laſſen Sie meinen Arm
los."

Und der unglückliche junge Mann verſuchte vergeblich, von Neuem das Glasſtück vor das ſchwim-
mende Auge zu klemmen.

„Lieber Baron," wandte ſich der Amerikaner an
den Verblüfften, „verzeihen Sie, daß ich außer dem
von Ihnen gekannten Namen noch einen zweiten
trage. Meine Herren und Damen, meine harm-
loſe Perſönlichkeit ſoll Ihnen kein Räthſel ſein. Ich
habe die Ehre, mich Ihnen hiermit von Neuem
vorzuſtellen: Friedrich Wolf aus Poppenhagen im
Winzelwalde, alias Frederick Warner, Adoptivſohn
von weiland Joſua Jedibjah Warner von Jubilee
Farm, Staat Louiſiana; — Kömödiant, Pedlar,
Pelzjäger, Farmer, Reiſender in Waſhington Ir-
ving's Manier und ſo weiter; und ſo weiter. Ich
bitte die Geſellſchaft, ſich durch das kleine Inter-
mezzo nicht ſtören zu laſſen."

Er warf die ſchmerzende Hand Eva's von ſich
und flüſterte ihr finſter drohend zu:

„Nachher!"

Leon von Poppen gab es auf, das Glas vor dem Auge zu befestigen, und sein geistiger Blick war nicht heller als sein körperlicher. Matt sank er auf einen Stuhl und hauchte:

„Das schlägt Alles! Noch ein Wolf aus Poppenhagen? Recht patriarchalisches Verhältniß, alle meine Vasallen sammeln sich kindlich um meine Kniee. Fräulein Eva, ich lege meine theuersten Prätensionen nieder zu Ihren himmlischen Füßen, — gegen das Schicksal kann Niemand. Mille remercîments, Coralie; hier, nehmen Sie Ihr Riechfläschchen zurück. Der Himmel segne Ihre künftigen Schritte, Eva, und mache Sie so glück= lich, wie — Sie mich gemacht haben. Es ist zum Rasendwerden! Coralie, wenn Ihr Busen das win= zigste Fünkchen Mitleid hegt, so nehmen Sie mich mit nach Hause. Ich fühle mich zu angegriffen, um an dem Jubel über dieses interessante, dieses überraschende — glückliche Wiedersehen ferner theil= nehmen zu können. Meine Complimente an den

Herrn Bruber, Mister Warner ober Wolf ober Josua ober — ah diable, Ihren Arm, Coralie!"

Ironisch nahm der Amerikaner ein Licht von
der Tafel und leuchtete bem abziehenden Baron zur
Thür. Mit einer Verbeugung sagte er:

"Mit Vergnügen zu Ihrem Dienst bereit, Herr
von Poppen! Hôtel des Princes, wie Sie wissen."

"Merci, ich schieße mich nicht für ein Weib."

"All right!" sagte der Amerikaner kalt, "ganz
meine Ansicht, — gute Nacht, lieber Baron, —
nehmen Sie sich auf der Treppe in Acht. Schlafen
Sie wohl, Coralie!"

Die Tänzerin brohte schalkhaft über die Schulter
mit bem Fächer: "Verräther!"

"Blamirt! Incommensurabel blamirt!" seufzte
auf der Treppe in der Tiefe seiner Seele Leon,
Freiherr von Poppen. Seine Seele war aber nicht
tief genug, baß der Seufzer nicht an die Oberfläche
aufstieg, wie eine Blase aus bem Teiche, zerplatzte
und der mitleibigen Coralie ein erbarmungsvolles
Achselzucken ablockte.

Fredy Warner, oder wie wir ihn jetzt nennen können, Fritz Wolf trat zu der Gesellschaft zurück; doch in dieser war die Lebendigkeit auf den Nullpunkt herabgesunken, Einer nach dem Andern nahm Abschied von der stummen Eva, und bald fanden sich die beiden Leute aus dem Winzelwalde allein neben der Tafel, auf welcher die Lichter tief herabgebrannt waren; allein inmitten der unbehaglichen Unordnung, die in einem Gemach nach dem Aufbruch einer größern lustigen Gesellschaft herrscht.

Neuntes Capitel.

Die Sterne Eva Dornbluth's. Was sie sagten, wie man
ihnen folgte, und wozu sie führten.

Mit untergeschlagenen Armen stand Friedrich
Wolf inmitten dieser Verwirrung, im Duft von
seinen Wohlgerüchen, Speisen, Wein und Havannah-
cigarren. Vollständig war das Lächeln jetzt aus
seinen Zügen verschwunden, schmerzhafter Bitterkeit hatte es Platz gemacht, und Eva Dornbluth
blickte nicht scheu, aber doch angsthaft zu dem so
traurigen, männlichen Gesicht von ihrem Sessel auf.
Aber vergeblich wartete sie, daß der Mann zuerst
das bedrückende Schweigen breche.

Sie konnte endlich die Stille nicht mehr ertra-

gen und erhob sich zuletzt, trat auf den Amerikaner
zu, legte ihm sanft die Hand auf den Arm und
bat mit zitternder Stimme:

„O sprechen Sie zu mir, Fritz! Ich werde an=
fangen, mich zu fürchten, wenn Sie dieses Schwei=
gen nicht brechen."

„Was soll ich sagen, Eva?" seufzte endlich
Friedrich Wolf. „Ich könnte um Verzeihung bitten
wegen meines unberufenen Eindringens in Ihren
jetzigen Lebenskreis. Ich sehe nicht ab, welches
Recht mir gegeben wäre, mit Ihnen zu hadern.
Ich habe kein Recht mehr an Sie, Eva Dornbluth.
Ich habe nicht einmal mehr das Recht, Schmerz
zu empfinden über das, was ich gefunden habe."

„Sie sind sehr hart, Fritz. O, es liegt eine
grausame Kränkung in Ihren Worten. In ein
Wort fassen Sie tausend Vorwürfe zusammen."

„Ja, ich bin toll! ein Wahnsinniger bin ich!"
rief der Amerikaner wild. „O, das Geschick, das
Geschick! Ich habe mein Schicksal gehabt, Ihnen
ist das Ihrige zu Theil geworden. Die Leute sagen,

mir sei das Glück recht günstig gewesen; — ach,
in welchen Abgrund stürzt mich diese Stunde. Weh
uns Beiden, Eva, daß wir den dunkeln Heimaths=
wald verließen — verlassen mußten.   Falsch sind
die Sterne gewesen, die uns lockten und verlockten.
Wie arm und enttäuscht findet uns die heutige
Stunde."

„Wollen Sie mein Geschick hören, Fritz?" fragte
demüthig bittend Eva Dornbluth.   Ihre Augen
hatten ganz und gar die herausfordernde Sieges=
gewißheit verloren; schnell und bang schlug das
stolze Herz und suchte sich nur zu rechtfertigen vor
diesem Mann, der so plötzlich, einem Richter gleich,
in den Festsaal des Lebens getreten war.

Friedrich Wolf neigte das Haupt der Frage.

„Ich will hören," sagte er, und wollte sich eben
niederlassen, als Eva seinen Arm faßte und, wie
erschreckt, rief:

„Nicht hier, nicht hier! Kommen Sie, Fritz.
Was ich zu sagen habe, will und kann ich nicht
in diesem Raume erzählen."

Sie zog ihn mit sich fort durch ein eben so glänzend, wie das Speisezimmer ausgestattetes Gemach. Eine verschlossene Thür öffnete sie, ließ ihn eintreten in einen kalten, dunkeln Raum und schloß die Thür sogleich wieder.

„Stehen Sie still, Fritz; es soll sogleich Licht werden!" rief sie schluchzend, und Friedrich stand verwundert, wartend in der kalten Finsterniß. Er vernahm, wie Eva umhertastete; dann hörte er Stahl auf den Feuerstein schlagen, sah die Funken springen und bei dem rothen, schnellen Licht der Funken das schöne Gesicht der Jugendfreundin aus der Nacht auftauchen und wieder versinken; bis ein Schwefelfaden fing, und eine kleine schlechte Lampe von Blech das Gemach erhellte.

Hoch hob Eva Dornbluth diese Lampe und beleuchtete die vier nackten Wände dieser Kammer, ein ärmliches Bett, ein Tischchen von schlechtem Holz und die beiden eben so einfachen Stühle. Ein größerer Contrast gegen den Luxus der übrigen Räume ließ sich nicht leicht vorstellen. Unbewußt hatte das Mädchen aus dem Walde jenem Canzler nachgeahmt, welcher in einem verborgenen Gemach das Bettlergewand und den Bettelsack und Stab seiner Jugend aufbewahrte.

„Sie sind der erste Mann, welcher diesen Raum betritt," sagte Eva, die Blechlampe wieder nieder= setzend. „Hier in dieser Armuth darf ich zu Ihnen reden, wie unter den Tannen unseres Waldes, wie unter dem armen Dache meines Vaters. Hier bin ich die wahre Eva Dornbluth, und hinter jener Thür liegt Alles, was Sie an mir glauben ver= achten zu dürfen. Hier darf ich Ihnen die Hand bieten und, ohne die Augen niederschlagen zu müssen, sagen: Sei willkommen, Fritz Wolf; in Schmerzen habe ich auf Dich gewartet; Gott grüß' Dich, Fritz; ich wußte wohl, daß Du endlich doch kom= men würdest."

„Eva!" rief Friedrich Wolf mächtig bewegt; aber das Mädchen winkte ihm mit der königs= lichen Hand, zu schweigen, und sprach selbst weiter:

„In den Räumen hinter jener Thür hattest Du

das Recht, nach meinem Leben zu fragen; in diesem Raume antworte ich Dir darauf; hier in dieser armen Kammer mußt aber auch Du mir Rechenschaft geben über Dich, wie Deinem Gewissen. In jenen Räumen kämpfe ich mit der Welt, und dieser Raum gibt mir Kraft, sie zu besiegen und zu beherrschen. Es sind böse Gewalten, mit denen ich hinter jener Thür zu thun habe; aber ich habe muthig den Kampf mit ihnen aufgenommen und bis jetzt glücklich durchgeführt. Sie sollen Eva Dornbluth nicht zu sich herabziehen, zu stark ist sie ihnen! O, Fritz, auch unser Heimathswald, die Dunkelheit, die Armuth und die Unwissenheit haben ihre geisttödtende Macht, und der Armuth, dem Mangel und der Unwissenheit wäre ich erlegen; während ich hier Siegerin bleiben konnte und immer bleiben werde."

„Rede weiter!" sagte Friedrich. Seine Stimme war nicht mehr hart, wie vorhin; sie rang sich mühsam aus tiefster Brust hervor. Der winzige Raum um ihn her dehnte sich zu einer weiten,

feierlichen Tempelhalle aus, und die Jugendfreundin
stand darin, wie die schöne, stolze und doch demü-
thige Priesterin der weiblichen Ehre.

„Was ich zu sagen habe, ist nicht in kurze
Worte zu fassen," fuhr Eva Dornbluth fort. „Setze
Dich dort auf den Stuhl, Lieber, und höre."

Friedrich Wolf nickte wie im Traum und zog
einen Stuhl an den kleinen Tisch, auf welchem die
Lampe stand. Eva ließ sich auf dem Rande ihres
Lagers nieder und begann:

„Du warst ein häßlicher, verwilderter Knabe,
Fritz vom Eulenbruch, der Schlimmste der rothen
Wölfe, — rothhaarig, zerlumpt, sonnverbrannt und
schmutzig! Wenn ein Kind, schwächer als Du, oder
ein armes Thier in Deine Hand fiel, so hattest
Du Deine Lust daran, das eine bis auf's Blut zu
peinigen, das andere zu Tode zu quälen. Du warst
selber zu einem verwahrlosten, boshaften Thier in
dem Walde geworden, und ich, viel jünger wie Du,
traf auf Dich, und wie Du es mit den Andern ge-

macht hattest, so wolltest Du es auch mit mir
machen. Du necktest, schimpftest, höhntest, schlugst
mich, wo Du mich faffen konntest; aber ich war so
wild und trotzig wie Du, weinte nicht wie die
Andern und vergalt nach Kräften Böses mit Böfem.
O, ich übersah Dich bald; — denn Du glaubst
nicht, Fritz, wie schnell das innere Auge des Weibes sich schärft. Ich kannte Deine Leidenschaften
und die Art, wie sie sich Bahn brachen. Ich wußte
immer im Voraus, was Du sagen und thun, wie
Du Dich gebehrden würdest in jedem gegebenen
Augenblicke. Darin lag meine Macht über Dich,
und schlau benutzte ich diefes geistige Uebergewicht,
und Du fielst in manches Unheil, manche Strafe,
ohne daß Du hättest sagen können, wie das kam.
Zugleich hatte ich aber doch einen gewissen Respect
vor Deiner rohen Körperkraft, Deiner tollkühnen
Verwegenheit, welche Dich kopfüber in jede Gefahr
stürzte. Ich habe immer den Muth und die Kraft
geliebt, und wärest Du nicht so stark und so tapfer
gewesen, ich hätte nicht so leidenschaftlich gestrebt,

Dich zu überlisten. Wir waren zwei Gegner, die sich jedesmal verbündeten und fest zusammenhielten, wenn Dritte zwischen sie, oder ihnen entgegen treten wollten. Weißt Du wohl noch, Fritz, auf welche Weise sich endlich der kindische Haß in das Gegentheil verwandelte? Ich stieß Dich in der hellen Wuth vom Steg den Kaiserstein hinab, und Du wurdest halbtodt, mit zerschlagenen Gliedern, blutrünstig, mitten im Walde gefunden. Auf den Tod lagst Du, aber keine Macht konnte Dich zwingen, zu gestehen, wie das Unglück gekommen war. Du logst selbst in Deinen Fieberphantasien, und ich horchte am Fenster und an der Thür, und mein junges Herz wurde von Qualen zerrissen, wie nimmer nachher. Wie eine Verrückte war ich, und wenn sie mich aus Deiner Nähe fortjagten, lief ich in den Wald hinaus und schrie mit heller, jammervoller Stimme unter den Tannen: Ich war's! Ich bin's gewesen! Schlagt mir den Kopf ab; ich hab' ihn vom Fels gestürzt! — Endlich kamst Du bleich und mager in das Leben zurück. Man trug Dich zum ersten

Mal wieder in die Sonne, und ich stand verweint von ferne — "

„Und ich sah Dich," rief der Amerikaner in höchster Bewegung. „Im Fieber hatte ich nur Dich gesehen; doch nicht so wie die wilde Katze, welche Du in der Wirklichkeit warst. Ganz anders sah ich Dich, und so sah ich Dich auch, als ich in der Sonne saß, und starrte nach Dir hinüber und —"

„Ich kroch gebückt, schluchzend, daß es mir fast das Herz abstieß, heran. Wie schlug das Herz mir, als ich den größten Schatz, den ich damals auf Erden besaß, eine alte zerzauste Puppe, welche sich vom Puppenhofe zu mir verloren hatte, Dir vor die Füße warf. Wie schnell entfloh ich dann wieder, um von Neuem aus einem Versteck nach Dir herüberzusehen! Als die Sonne entwich, trug man Dich in das Pastorenhaus, wo Du seit dem Unglück Dein Krankenlager gehabt hattest, zurück, und die Puppe blieb neben der Bank liegen. In der Nacht stahl ich mich aus dem Bett, holte sie und trug sie auf die Schwelle des Pfarrhauses.

14 *

Fest schloß ich das Ding in den Arm und schlief
nach langem bitterlichen Weinen auf den Stufen ein."

„Der Nachtwächter fand Dich auf dem kalten
Lager, wie Du im Traum ängstlich meinen Namen
riefst," sagte der Amerikaner. „Er weckte verwundert Deinen Vater, und da gestandest Du mitten
in der Nacht Deine Schuld an meinem verbunde-
nen Kopf."

„Und am folgenden Morgen wurde ich vor
Dein Bett gebracht vom Vater, und wenig hätte
gefehlt, daß der alte Stolz von Neuem wach geworden wäre in meiner Seele; aber die Kraft war
gebrochen, der Trotz verwandelte sich wiederum in
Weinen, und als Du mir aus den Kissen die ma-
gere Hand reichtest, da, da —"

„Da war aus der wilden Eva Dornbluth eine
gar sanfte Eva geworden!"

„Nur gegen Dich, Fritz vom Eulenbruch!
Nur gegen Dich! Gegen alle Andern blieb ich
dieselbe. Ja, grade weil ich Dich liebte, war

ich nun um so trotziger gegen alle die Uebrigen."

„Von nun an theilten wir das Leben, das uns im Walde gegeben war, miteinander und hingen zusammen, wie die Kletten. Wir waren das tollste Paar Rangen, welches jemals einer Gemeinde zur Last wurde. Gott segne den guten alten Pastor Tanne, den philanthropischen Weisen. Er hatte es gut mit uns im Sinn; wenn auch seine Marotte, überall große Talente zu entdecken, ihre bedenklichen Seiten hatte. Talente entdeckte er in mir und in Dir, Eva —"

„Und zuletzt in Deinem Bruder Robert."

„Davon später. Du weißt, wie der Alte sich unserer annahm, seine Bücher vor uns aufschlug."

„Ich habe mancherlei Seltsames gelernt und die Nase in Dinge gesteckt, die sonst auch höher geborenen Mädchen verborgen bleiben, Latein und Mathematik —"

„Ich habe nur gelernt, daß die Welt erst hinter dem Walde, jenseits der Berge beginne, und daß

man in unferm Thal nicht lebe, fondern nur vege=
tire. Doch erzähle weiter; meine Stirn brennt; —
nachher ist die Reihe an mir."

Eva Dornbluth feufzte tief und fuhr in ihrer
Erzählung fort:

„Du hielteft es bei dem Paftor Tanne nicht
aus, wie der arme Robert. Zu Deinem Vater gin=
geft Du, zu Deiner Büchfe und Axt. Dann ent=
liefft Du ganz, und ich wußte darum. Du ver=
fpracheft, auch für mich mit das Zauberland, welches
jenfeits unferer Berge lag, zu erkunden, und mäch=
tig und reich heimzukehren, mich zu holen und mit
Dir genießen zu laffen. Ich wartete und lernte.
Der Vater lehrte mich die Mufik, das Spiel der
Orgel. Ich begleitete an feiner Stelle den Gefang
der Dorfleute in der Kirche, denn er wurde all=
mälig zu fchwach dazu. In der Stubirftube des
Pfarrers faß ich dann mit Robert zufammen. An
dem hatte der Alte wiederum ein Talent entdeckt,
und diesmal war es ein wirkliches. Ich mußte ihm
nun mit Lehrerin fein; denn der Alte ward auch

allmälig müde vom Leben und saß am liebsten
Stunden lang auf dem Kirchhofe neben den Gräbern seiner Frau und seiner Kinder. Ich mußte
mit Deinem Bruder dasselbe Lexikon und dieselbe
Grammatik gebrauchen; doch der Schüler übertraf
bald die Lehrerin; aber die Lehrerin war eine Jungfrau geworden und, vertieft in ein anderes Sehnen,
merkte sie nicht, daß der Knabe über die Bücher
weg die Studiengenossin mit Blicken ansah, welche
sie nicht hätte dulden sollen. Als mir klar wurde,
was in Robert vorging, da war das Unglück bereits geschehen und demselben in keiner Weise mehr
zu wehren. Vergeblich war's nun, daß ich die
Stunden bei dem Alten ganz aufgab und nicht
mehr unter die Esche kam. Vergeblich war Alles
gesprochen, was ich Deinem Bruder sagte. Er war
verblendet bis zum Aeußersten, und ich konnte mir
und ihm auf keine Weise helfen. Obgleich ganz
Dein Gegentheil, Fritz, so hat Dein Bruder doch
ein gut Stück Deiner Hartnäckigkeit zum Erbtheil
mitbekommen. Weder durch Vorstellungen, noch

durch Drohungen, noch durch geheuchelte Verach=
tung konnte ich ihn von mir treiben. Ach, und
dazu lag die Sorge um Dich so schwer auf mir!
Ich war älter geworden, verständiger und klüger.
Mit Schrecken sah ich ein, was Du in jugendlicher
Unwissenheit und jugendlichem Leichtsinn gewagt
hattest. So wie wir sie uns kinderhaft geträumt
hatten, war die Welt jenseits der Berge nicht be=
schaffen. Nun war es lange zu spät, Dich zurück=
zurufen. O, was habe ich gelitten in dem Gedan=
ken, Du seiest untergegangen und verloren in der
weiten Welt. Wie konnte es anders sein? Das
falsche, harte Leben mußte Dich, den Knaben, ver=
schlingen und zerbrechen. Wie manche Nacht habe
ich bitter durchwacht und durchweint, wenn der
Sturm an meinen Fensterladen rüttelte, oder zwi=
schen den Bergen heulte, und den Schnee umwir=
belte, und häuserhoch die Wege verschüttete. Durch
den Sturm glaubte ich dann klagende Rufe zu ver=
nehmen; Du schriest nach mir, und ich fuhr in die
Höhe und schrie selber in grausamster Angst. Und

dann wieder — wie oft habe ich auf der Höhe des
Weges in der heißen Sonne gestanden und im
thörichten Hoffen auf Dich gewartet. Dann hatte
ich wohl unterwegs ein Körbchen oder ein Kletten-
blatt voll Erdbeeren gepflückt, die hielt ich dann in
der Hand, und die andere Hand hielt ich über die
Augen und blickte die staubige Straße entlang und
dachte und träumte: O, wenn er jetzt käme; durstig
und bestaubt, müde und traurig! O, wie sollte er
ausruhen an meinem Herzen! Das Körbchen mit
den rothen duftenden Früchten und mein Herz hielt
sich für Dich bereit; aber Du kamst nicht, wie
lange ich auch umschauen mochte von der Höhe,
den Windungen der Straße nach, bis in die weiteste
Ferne. Du kamst nicht! Und wie ich mein Herz
keinem Andern gönnte, so gönnte ich auch die Beeren Niemandem; in das Wildwasser warf ich sie
und sah weinend zu, wie sie lustig bergab von dannen tanzten, und zum Tode beängstigt schritt ich
durch den Wald. Der Pastor Tanne starb, und
mein Vater starb auch. Ich nähte für die Bauern-

weiber; aber ich war ganz verlassen und wußte
nicht, was ich beginnen sollte. Es war mir immer,
als müsse ich hinter Dir her, Du verlorener Freund,
in die Welt ziehen. Da brachte die Baronin von
Poppen einmal wieder einen Sommer auf dem
Poppenhof zu, und ihr Sohn Leon kam ebenfalls
dahin. Ich sah da ein Mittel, mich zu befreien
aus der Einsamkeit, aus diesem engen Thale, dessen
Luft mir jetzt so erstickend schien. Den jungen Baron achtete ich nicht eines Hauches; aber ich wehrte
mich nicht, als seine Mutter Gefallen an mir fand
und mir vorschlug, mit ihr meine Heimath zu verlassen. Auch die Dame gefiel mir wenig; aber ich
war in einer Art stumpfer Verzweiflung, einer fieber-
haften Unruhe, welche mir jede Hilfe zu einem
Segen Gottes machte. Ich ging mit der Baronin
Victorine, und sie behandelte mich etwas besser als
ihre Kammerfrau. Du scheinst den Herrn Leon zu
kennen, Friedrich; er ist keine gefährliche Persönlichkeit; ich machte ihn vollständig zu meinem Diener
und benutze ihn, die apathische Tyrannei seiner

Mutter so bald als möglich abzuwerfen; mein Weg,
der Weg eines armen, schutzlosen Mädchens, ging
durch Wildnisse, die viel gefahrvoller waren und
mehr Mühen und Sorgen verbargen, als je eine
Deiner amerikanischen Wüsten, Fritz Wolf. Aber
ich sah nach den Sternen, dachte an Dich, schürzte
mein Gewand und schritt muthig in das Leben
hinein, Dir nach, Fritz Wolf. Die schmutzigen
Wasser mußten meinen Saum beflecken; aber meine
Seele und mein Leib sind rein geblieben. Dem
Schein' des Bösen konnte ich nicht entgehen; aber
das Böse durfte mich selbst nicht berühren. Ich
bin ich selbst geblieben in allen Verhältnissen, welche
meine Laufbahn mit sich brachte. Durch den Baron
ward es mir leicht gemacht, mein Glück auf den
Brettern zu versuchen; ich gefiel halbwegs; aber ich
weiß es recht gut, daß nur mein Aeußeres Schuld
daran hat. Recht einsam und verlassen war ich
mitten im Lärm der Welt, und dann am traurigsten,
wenn ich am ausgelassensten zu sein schien. Sieh,
Friedrich Wolf, ich bin doch ein tapferes Mädchen,

und habe nicht an meinem Stern gezweifelt, obgleich ich nie eine Nachricht von Dir erhielt. Ich
wußte, daß Du lebtest. Ach, ich hätte es gewiß
gefühlt, wenn Du gestorben wärest. Ich habe auch
viel Glück gehabt, und es ist mir gut gegangen;
ich habe so selten als möglich geweint, sondern
habe immer die Locken aus der Stirn gestrichen,
nach den Sternen gesehen, und mich nicht von dem
abbringen lassen, was gut, recht und ehrlich ist. Gelernt habe ich nach Kräften und dabei gedacht: wenn
er kommt, soll er mit mir zufrieden sein, soll er
finden, daß ich an Bildung keinem Weibe auf Erden
nachstehe. Aber wärst Du zurückgekommen, treu
und roh, wie Du gingst, so würde ich auch Bildung, Wissen und Alles das von mir geworfen
haben Deinetwegen, wie einst die rothen Beeren in
das Wildwasser. Alles, was mein ist, habe ich
nur Dir erworben und für Dich aufgehoben. Sei
ein milder Richter meines Lebens! — Der größte
Schmerz ist mir zu Theil geworden, als Dein Bruder neulich mir nachkam und plötzlich vor mir er-

schien. Auch ihn täuschte der Schein, auch ihm erschien ich, wie so manchem Andern, als eine Verlorene. Er war gar wild und unbändig — ganz
wie Du, Fritz, in früherer Zeit. Die Begegnung
hätte mir fast den Tod gebracht. Der arme Junge!
Sein Schicksal hat mir schwer auf der Seele ge-
lastet, obgleich der Baron mich auf seine Ehre versicherte, es sei auf's Beste für ihn gesorgt, und er
sei nach der Heimath zurückgekehrt. Ich habe dahin
an den Pastor geschrieben und Geld geschickt, aber
noch keine Nachricht erhalten."

„Gelogen hat der Baron von Poppen," rief
Fritz Wolf. „Der arme Robert ist arg mißhandelt worden; heute erst habe ich erfahren, daß er in
dieser Stadt ist, und was er dulden mußte."

„Was ist ihm geschehen, was hat man ihm gethan?" rief Eva mit zornflammenden Augen.

„Sie haben den armen Teufel eingesteckt. Ich
kann mir ganz und gar vorstellen, wie verloren er
gewesen ist in diesem Gewirr. Hab' ich doch Aehn-
liches durchgemacht. Jetzt scheint er in guten Hän-

den zu sein.   O Eva, liebe, liebe Eva, auch er hat
den harten Kampf mit dem Leben, den wir gekämpft
haben, jetzt begonnen."

Der Amerikaner faßte die Hand der Jugend=
freundin und drückte sie an die heißen Lippen:

„Sei gesegnet für Alles, was Du mir gesagt
hast, sei gesegnet, meine Süße, meine Stolze, Du
einzige Eva Dombluth. Ja, Du hast den härtesten
Kampf gekämpft und den stolzesten Sieg erstritten,
und vertauscht sind die Rollen zwischen uns — ich
muß mich vertheidigen, und Du mußt richten, meine
tapfere, treue Liebe."

„Du sagst liebe Eva!" rief das Mädchen, wie
außer sich.   „Dank Gott, o habe Dank, Fritz! Du
willst mir glauben, daß ich Deiner noch immer
würdig bin? O, Fritz, sag' es mir; nimm mich an
Dein Herz, laß mich nicht mehr allein in der Welt,
es ist so schrecklich, allein zu sein. Es ist so schwer,
die rechten Sterne zu erkennen, wenn man kein hel=
fendes Herz zur Seite hat. O, Fritz, weshalb hast
Du mich so lange, lange allein gelassen; Du bist

mir viel Liebe schuldig. Sei gesegnet, daß Du endlich doch gekommen bist. Ich habe in machtlosem
Schweigen und mit lächelndem Munde so viel lau-
ten und verborgenen Hohn und so viel Demüthi-
gungen ertragen müssen. O, Fritz, gedenke immer
daran, wenn Du einmal zornig über mich werden
willst. Sei willkommen und gib mir Liebe und
Schutz, Friedrich Wolf."

Die kleine Lampe war dem Ausgehen nahe,
man konnte also die Thränen in Friedrich's Augen
nicht sehen. Stumm hielt er die Geliebte an seiner
Brust. Die Sterne Eva Dornbluth's hatten doch
guten Schein gegeben.

Zehntes Capitel.

Die Sterne Friedrich Wolf's aus Poppenhagen. Ein Stein
des Anstoßes wird aus dem Wege geräumt. Westward ho!

––––––––

Die Lampe flammte noch einmal auf und erlosch.
Friedrich Wolf aus Poppenhagen rief:

„Wie Du zitterst, Mädchen! Es ist so kalt hier.
Komm fort aus dieser Dunkelheit; komm wieder in
Dein hübsches, heiteres Reich; dort wie hier bleibst
Du meine süße, meine tapfere Eva. Ich bitte Dich,
stoße mich nicht von Dir, Du bist viel besser als
ich. Weh' mir, daß ich es wagte, Rechenschaft von
Dir zu fordern. Willst Du mir verzeihen?"

„Was wäre ich ohne Dich?" flüsterte Eva, das
Gesicht an die Brust des Freundes verbergend.

„Nimm mich. Ich bin ganz Dein und ohne Dich nichts."

Sie ließ sich von dem Freunde in das warme Gemach zurückführen. Hier hatte die junge Magd aufgeräumt, die Unordnung und der Dunst waren verschwunden, eine schöne Lampe mit mattgeschliffener Kryftallkuppel brannte auf dem runden Tisch vor dem Divan. Die Magd machte sich noch zu schaffen im Zimmer und sah verstohlen neugierig auf den Fremden. Eva nahm sie an der Hand und führte sie zu Fritz:

„Sieh, das ist meine gute Marie. Ich habe ihr viel zu danken. Sie ist mir die treueste Freundin gewesen."

Die Kleine warf ihr keckes Stumpfnäschen in die Höhe:

„Also Sie sind der vortreffliche Herr, welcher uns so viel Sorgen und schlaflose Nächte gemacht hat? Angenehme Bekanntschaft. Sind Sie endlich doch noch gekommen? Wenn ich an der Stelle meines Fräuleins wäre —"

„O, Marie, sprich nicht so," sagte Eva. „Du freust Dich doch mit mir!"

„Das ist es ja eben, was mich ärgert," rief die Kleine; das muthige Näschen senkte sich, die hübsche Schürze fuhr nach den noch hübschern Augen; dann drehte sich Marie auf den Hacken, fuhr blitz= schnell aus der Thür, brach draußen in ein helles Weinen aus und lachte noch heller dazwischen. So saß sie den ganzen Abend im Winkel und erschien erst ganz spät wieder mit überaus buntgefärbtem Gesichtchen; weshalb hielt die Schürze auch nicht Farbe?

„Das Kind war eben so verlassen wie ich; wir haben uns treu aneinandergeschlossen," sagte Eva. „Doch nun komm, komm. Die Reihe, zu erzählen, ist jetzt an Dir, Fritz. Sage nun, wie Du das Leben überwunden und Dich zu dieser glücklichen Stunde durchgerungen hast."

Sie zog ihn zu dem Divan, strich ihm lächelnd die Locken von der Stirn, küßte ihn und sagte:

„Ich horche mit ganzer Seele."

Traurig begann der Amerikaner seinen Bericht:

„Du hast ganz Recht; ich habe mehr Anlage, ein Taugenichts zu werden, auf den Weg mitbekommen, als irgend Einer unserer Poppenhagener Altersgenossen. Einen tollen, eigensinnigen Kopf trage ich auf den Schultern, und mein Sinn ist von Eisen, wie mein Körper. Ueber Alles das hast Du, Eva, einzig und allein Gewalt erlangt. Du bist das einzige Wesen gewesen, welches ich fürchtete und deshalb mit knabenhafter Rohheit mißhandelte. Du hast mich zu Deinem Sclaven gemacht, Dich habe ich geliebt, Dich liebe ich. Von unserer Jugend brauche ich nicht mehr zu sprechen, denn Du hast das singende, klingende Märchen derselben erzählt. Oft hab' ich in der fremden Wildniß, auf dem Meer, in dem Lärm der großen transatlantischen Städte Gelegenheit und ein stilles Fleckchen gesucht, um die Augen zuzudrücken und den Winzelwald, die Hütten von Poppenhagen sammt ihren Bewohnern und die Königin von Allen, das kleine Mädchen Eva Dornbluth, aufsteigen zu lassen. In

15*

der Nacht, in welcher ich in die weite Welt hinaus=
lief, beginnt meine Erzählung. Auf der Bergspitze,
von welcher man den letzten Blick in das Thal von
Poppenhagen werfen kann, stand ich. Die Straße,
der Wald und die Höhen leuchteten im weißen
Mondlicht, unten aus der Tiefe, wo das Dorf lag,
funkelte ein einzelnes Licht; ich wußte, es leuchtete
von dem Sarge des Schulzensohnes, der zwei Tage
vorher gestorben war. Obgleich ich mit dem Ver=
storbenen gar nicht gut gestanden hatte, so peinigte
dieses Licht mich doch sehr und verwilderte mir das
Herz, welches schon so schmerzhaft um Dich, Eva,
schlug, noch viel mehr. Es machte mich unendlich
traurig und fast muthlos, so daß meine Kniee zit=
terten, und ich beinahe umgekehrt wäre. Aber der
Gedanke an das Gelächter des folgenden Tages
trieb mir das Blut in die Wangen; im vollen
Lauf stürzte ich fort, bergunter; — die Heimath lag
hinter mir, das Loos war geworfen. Ich war
endlich in der weiten Welt; aber erst als der Morgen
anbrach, merkte ich, wie weit sie war, wie wüst und

verworren. Die ganze Nacht lief ich durch, bis die
Sterne verblichen, der graue Schein über die Berge
sich legte, und in der Ferne die Hähne ihn an-
krähten. Mit Aufgang der Sonne stand ich auf
der letzten Höhe des Gebirges, vor mir dehnte sich
die Ebene mit ihren Städten' und Dörfern, die
Ebene, welche ich bis dahin noch nicht gesehen, von
welcher ich keinen Begriff hatte. Ich setzte mich
stumpfsinnig auf einen Steinhaufen, legte mein
kleines Bündel neben mich und starrte rathlos in
die unbekannte Weite. Ich war hungrig und
durstig, ein blöd-wildes Thier. Nach kurzer Ruhe
schlich ich die letzte Höhe hernieder und ein in das
flache Land. Das wenige Geld, was ich besaß,
war in den nächsten Tagen verthan; ich schlief unter
freiem Himmel, Schuppen, oder in Ställen, wie es
kam. In einer leeren Ziegelhütte, wo ich vor einem
Sturm und der Nacht Schutz suchte, traf ich auf
die Leute, welche meine nächsten Schritte in
der Welt lenken sollten. Als ich in die Hütte
kroch, fand ich den unbehaglichen Raum bereits

besetzt. Ein Hund fiel mich mit wüthendem Gebell
an, und ein Weib kam ihm mit Hand und Mund
bei dem abwehrenden Angriff zu Hilfe. Aus der
Tiefe der Dunkelheit declamirte eine äußerst helle
Mannesstimme mit hohem Pathos dem Vorgang
ganz unangemessene Herzensergüsse Thekla's von
Friedland. Ich war müde, hungrig und zornig, so
daß ich weder Hund noch Weib achtete, sie über-
wältigte und in das Innere der Hütte, an welcher
ich gewiß ein eben so gutes Recht hatte, wie die
zeitweiligen Occupanten, eindrang. In einer Ecke
glimmten einige Kohlen, und darauf zischte ein
Suppentopf. In einer andern Ecke stand ein Pier-
rotkasten; der Declamator war der Puppentheater-
director Joseph Leppel; die Dame war Julie Leppel,
seine Gemahlin, der Hund hieß Zampa und konnte
mehr als bellen; er war ein Künstler, und wir
wurden später die besten Freunde. Nachdem ich den
Eintritt in den schützenden Raum erzwungen hatte,
während der Regen draußen niederrauschte, kam es
zwischen mir und der Familie Leppel zu einer Aus-

einandersetzung, und Signora Julia zeigte sich als
eine verständige Dame, welche Vernunft annehmen
konnte. Signor Joseph lud mich zu der Suppe
ein, und mein Appetit ergötzte die beiden guten Leute
mehr als den Hund, der an seinem Theil von der
Mahlzeit beträchtlich durch den neuen Mitesser ver=
kürzt wurde. Nach der Mahlzeit, während ich im
Halbschlaf in einem Winkel mich zusammenrollte,
fand eine lange flüsternde Berathung zwischen dem
Ehepaar statt, und nachdem man am folgenden
Morgen genau meine Lebensverhältnisse erkundet
hatte, legte man mir das Resultat der Berathung
vor. Der Director schien ein wenig schwachbrüstig
durch seine schwierige Stellung als Dirigent und
Actor geworden und dazu sehr schlecht auf den
Füßen zu sein. Er bedurfte, um den schweren
Puppenkasten zu befördern, eines jüngern, kräftigern
Gehilfen. Einen solchen hatte er gehabt; aber am
vergangenen Tage war ein Streit um die Gage
ausgebrochen, und der Helfer hatte in Haß und
Zorn seinen Abschied von der Gesellschaft genommen.

Der Director verachtete ihn zwar, befand sich aber
doch in der allergrößten Verlegenheit, und ich erschien ihm, wie vom Himmel gesendet. Mit Pathos
hielt er mir eine Rede, in welcher er mir ausein-
andersetzte, wie die Götter mich begünstigten, indem
sie mir durch seine — Joseph Leppel's — Hand
das glänzende Reich der Kunst erschlossen. Ich
solle nicht zaubern und die Götter erzürnen — sprach
er — ein Paar Stelzen, auf welchen der Vorgänger
ein dankbares Publicum entzückt habe, sei vorhanden,
und seine — des Redners — Frau werde mich mit
Vergnügen die hohe Kunst lehren, hoch über den
Köpfen der Leute zu schreiten. Ich starrte den
Mann eine geraume Zeit an; die Signora malte
mir gräßlich die Schrecklichkeit des Hungertodes und
die Fürchterlichkeit der Polizei vor: ich nahm das
Anerbieten an, und war ein Gaukler und Puppen-
spieler geworden, fast ohne zu wissen, wie das gekommen war. Die Kunst, auf Stelzen zu tanzen,
lernte ich leicht und bald, und brachte sie binnen
Kurzem zu einer gewissen Vollkommenheit; es gefiel

mir bald gar nicht übel, so von der Höhe auf die
staunenden Gesichter des Volks herabzusehen. Der
Puppenkasten war eine leichte Bürde für meine
Schultern; mit Bequemlichkeit trug ich ihn, durch das
Land und lernte ein gutes Stück Leben kennen.
Mein Principal war ein merkwürdiger Mensch, ein
Drittel gutmüthiger Vagabund, ein Drittel Spitz=
bube und ein Drittel Phantast. Ein eigenthümliches
Leben hatte er hinter sich; von begüterten Eltern ge=
boren, hatte er gelehrte Schulen besucht; aber ein
bodenloser Leichtsinn hatte ihn zuletzt zu seiner jetzigen
Lebensstellung herabgebracht. Er hatte die fixe Idee,
daß er noch einmal Director eines wirklichen Thea=
ters werden müsse, und er ist mir immer ein leuch=
tendes Beispiel gewesen von der Macht solcher fixen
Ideen und dem, was der Mensch dadurch erreichen
kann. Signor Leppel hat durchgesetzt, was er
wollte, ist jetzt zu New=York manager eines viel=
besuchten Vorstadttheaters und auf dem Wege, ein
reicher Mann zu werden. Schon als ich mit ihm
zusammentraf, trug er sich mit Auswanderungsideen

und machte von Zeit zu Zeit den Versuch, das Geld zur Ueberfahrt zu ersparen. Das hielt aber bei der Ungebundenheit seines Lebenswandels äußerst schwer, und ohne die Frau hätten wir es nicht fertig gebracht. Sie zeigte Charakter — in mancher Hinsicht sogar zu viel Charakter; hier aber war es gut, daß sie durchgriff. In kurzen zwei Jahren hatten wir das Geld zur Ueberfahrt zusammen und schifften uns in Bremen ein. Die See übte einen eigenthümlichen Einfluß auf die Principalin; das Stampfen, Schaukeln und Rollen, das Kopfüber-aus-den-Cojen-poltern, das Salzwasser, die Erbsen und das Pökelfleisch machten sie — zärtlich; sie klammerte sich nicht nur bei Sturm und schlechtem Wetter, sondern auch bei totaler Windstille mit großer Zuthunlichkeit an mich, und der Principal sah das mit stillem Grimm. Auf dem Meere wurde der Signor zu sehr von Seekrankheit nieder-gehalten, um seinen Gefühlen Luft machen zu können; aber sowie wir den Fuß auf das feste Land setzten, brach sein Zorn gegen mich los, und es half

mir gar nichts, daß ich ihm versicherte, seine Ge=
mahlin habe nicht die geringste Anziehungskraft für
mich, und die Zuneigung herrsche allein auf ihrer
Seite. Die Eifersucht hatte ihre blutige Saat gesät,
und in einer Strandschenke auf Longisland brach
der alte ewige Kampf um das Weib auch zwischen
Joseph Leppel und Fritz Wolf los, und Jeder von
Beiden verlor Haare, trug blaue Flecke und zerrissene
Jacken davon. Wir trennten uns, indem der Eine
dem Andern das böseste Loos wünschte und die
gräßlichsten Segenswünsche nachschrie. Ich begann
das Leben auf eigene Faust. Nur noch eine kurze
Zeit ging ich vor den Bürgern der großen Republik
auf. Stelzen; aber da es ihnen kein Vergnügen
machte, so hörte auch für mich der Spaß dabei auf;
ich gab das Geschäft auf, wurde Zeitungsverkäufer
und schrie den Broadway auf und ab die New=Yorker
Tribüne aus. Dann wurde ich Sänger bei einer
Gesellschaft nachgemachter Tiroler, und dann — ich
hatte bei dem Signor Leppel doch viel gelernt —
dann betrat ich die Bühne bei mehr als einer her=

umziehenden Truppe. Dabei hatte ich das wenigste
Glück, wurde furchtbar ausgezischt und legte mich
auf den Hausirhandel, der mich weit in das Innere
des Landes führte, tief in die großen Wälder. In
dem Walde fühlte ich mich seit Jahren zum ersten
Mal wieder so recht an meinem Platze. In den
großen Wald gehörte der Knabe vom Eulenbruch.
Den Hausirkasten ließ ich, wie ich den Puppenkasten
gelassen hatte; nach der Büchse griff ich, und fand
mich nun endlich auf der Bahn, für welche die
Natur mein ganzes Wesen bestimmt hatte. Ein
wildes, freies, stolzes Leben führte ich jetzt, einsam
oder im Kreise gleichgesinnter Genossen. Die Lust
des Abenteurerthums schlürfte ich in vollen Zügen,
und dann wirkte der Zauber des einsamen Lebens,
wie ich sagen darf, veredelnd auf mich. Was das
tolle, haltlose Treiben der letzten Jahre mir an
Gemeinheit aufgedrückt hatte, das streifte ich jetzt
allmälig wieder von mir ab; ich wurde ein ganz
anderer Mensch und schämte mich mancher Stunde
der Vergangenheit. Und wie mein Geist freier

wurde, so sah ich jetzt auch die Zeit meiner Jugend, die Verhältnisse meiner Heimath mit andern Augen an. Dein Bild, Eva Dornbluth, tauchte zuerst aus dem wüsten Nebel wieder auf, und immer klarer, immer glänzender ward es wieder, — in so weiter Ferne wurdest Du von Neuem zum Stern meines Lebens. Bei Allem, was ich that, dachte ich, von dieser Zeit an, an Dich. Du warst zu jeder Stunde mein holder Schutzgeist. Ich war arm, aber unbeschreiblich glücklich, als das Ereigniß kam, welches mich zum reichen Manne machte, und welches mir den Namen gab, unter dem ich in dieser Stadt aufgetreten bin. — Wir lagerten in der Wildniß zwischen dem Arkansas und dem Canadian, unserer Vier, ein alter Mann mit weißem Haar, Josua Warner, ein Mann vom Stamm der Chactasindianer, ein Neger und ich selbst. Der alte Warner war trotz seines Reichthums ein geschlagener Mann. Er hatte seine einzige Tochter wider ihren Willen an den Sohn eines verstorbenen Freundes verheirathet. Durch Verschwendung, leichtsinnige

Speculationen und Unachtsamkeit hatte Frank Saint
Coeur das eigene Vermögen eingebüßt und den
Schwiegervater beinahe mit in das Verderben gezogen.   Dann hatte er sich mit der Justiz über-
worfen, einen Mann im Streit erschossen und war
entflohen nach dem fernen Westen, nach Texas.
Seine arme Frau hatte er mit sich geführt, gleich-
sam als Geißel für den Vater, den er dadurch zu
fernern Unterstützungen zwingen wollte.   Nun folgte
der verzweifelnde Alte der Spur seines Kindes,
welches er selbst in das Verderben gestürzt hatte,
indem er es in die Gewalt eines so rohen, harten
Mannes, wie Frank Saint Coeur war, gab.   Westward ho! Niemand hier im alten Lande begreift,
was für ein Zauber in diesem Worte liegt.   Le-
gionen sind auf dem Wege nach dem Westen.   Sie
verlieren sich in der Unermeßlichkeit des Raumes.
Hier und da wird ein Feuerherd gebaut, und aus
dem Schornstein eines rohen Blockhauses kräuselt
der Rauch durch die Blätternacht des Urwaldes,
oder steigt auf von dem Lagerfeuer inmitten der

weiten Prairie. Haben die Ansiedler im Walde, die Jäger, die Emigranten auf der Ebene den Westen gefunden? Nein, nein! Immer weiter mit Büchse und Axt, mit Karren und Wagen, mit Weib und Kind, zu Pferd und zu Fuß, immer weiter gen Westen — westward ho! Wo die Axt klingt, wo die Büchse knallt, ist nicht mehr der wilde Westen; die vorschreitende Cultur hat nur ihre Grenzen ein wenig hinausgerückt, und der wilde Westen ist ein wenig weiter vor ihr zurückgewichen. Das Zauberland, über welchem allabendlich die Sonne untergeht, wo unbekannte majestätische Ströme durch unbekannte Thäler rollen, wo unendliche Schätze offen und doch unerreichbar daliegen, bleibt immer in derselben Ferne; das Sehnen nach ihm bleibt immer dasselbe. Weiter, weiter, ihr Pioniere! Sie sind Alle auf dem Marsche, Angelsachsen, Deutsche, Romanen und Kelten; ein Jeder hört den Athem des Folgenden im Nacken und sputet sich auf seinem pfadlosen Wege. Es soll da ein Goldland liegen — alte Sagen reden davon; spanische Missionäre wollen den Fuß darauf gesetzt haben; — wo ist das Land? Westward ho! westward ho! Am Missouri liegt's nicht, nicht am Arkansas, am Rothen Fluß nicht, nicht am Rio Brave, nicht am Colorado. Wo liegt's, wo liegt's? Immer weiter rückt's hinaus, wer kann's sagen, ob es nicht die Fluthen des Großen Oceans umspülen? Wer kann aber, mit solchem goldenen Glanz vor den Augen, den Fußtritt der nachfolgenden Schaaren hinter sich ohne Ungeduld hören? Weiter, weiter — wer wird zuerst jauchzend Besitz von dem dorado, dem Goldland ergreifen, wie es Pizarro, wie es Ferdinand Cortez vergönnt war? Jedermann darf hoffen, der Glückliche zu werden, vielleicht ist auch uns Beiden, Eva Dornbluth, unser Theil daran aufgehoben. Westward ho!"

„Ich folge Dir, wohin Du mich führst, Friedrich!" rief Eva mit leuchtenden Augen. „Geh' voran, ich folge Deinen Schritten überall."

„Du bist lang genug gegangen, armes Herz; in meinen Armen will ich Dich durch das Leben

tragen, so wahr Gott mir helfe. Doch nun höre
weiter. Wir waren dem flüchtigen Frank Saint
Coeur auf der Spur, nachdem wir ihn schon Wochen
lang verfolgt und gesucht hatten. Einer nach dem
Andern in unserer Schaar war zurückgeblieben, sei's,
daß dem Einen das Roß stürzte, sei's, daß den
Andern die übergroße Ermattung zu Boden warf.
So waren wir, wie gesagt, zuletzt nur noch unserer
Vier und lagerten in der Wildniß. Es war eine
Nacht im Junius, und während der Neger und der
Indianer schliefen, saß ich wachend neben dem wa-
chenden, trostlosen Vater. Kein Windhauch regte
die Blätter der Bäume; ein kleiner Strom rauschte
in der Ferne, hier und da sahen wir seinen Spiegel
durch die Büsche blitzen. Es war hellster Monden-
schein. Tagelang waren wir bereits geritten, ohne
einen Menschen zu erblicken; eine tiefere Einsamkeit
konnte man sich nicht vorstellen. An dieser Stelle
sollte ich nun etwas erleben, welches mich heute
noch in der Erinnerung mit Geisterhand in tiefster
Seele berührt. In meine Decke gehüllt, saß ich, die

Büchse griffrecht neben mir, das Messer in der
Scheide gelockert, und wieder einmal dachte ich
sehnsüchtig Deiner, Eva Dornbluth, und meiner
Jugend; wie ein Traum war es mir, wenn ich
die halbgeschlossenen Augen ganz öffnete, und der
Blick über das verglimmende Feuer und die schla-
fenden wunderlichen Gefährten glitt. Neben mir
seufzte der alte Warner und murmelte: Vorwärts,
vorwärts, da sind sie — o Lizzie! liebe, liebe Lizzie! —
Seit wir uns diesem, unserm jetzigen Rastplatze
näherten, war eine mächtige Veränderung mit dem
Greise vorgegangen; eine Art verzweiflungsvoller
Zuversicht auf das Gelingen unserer Jagd hatte sich
seiner bemächtigt. Er stammte von schottischen
Eltern; war etwas von dem second sight, dem
geisterhaften „zweiten Gesicht" seiner frühern Landsleute über ihn gekommen? — Hinter uns standen
die Pferde angebunden, und eins hatte den Kopf
über den Hals des andern gelegt; ein anderes wie-
herte im Traum. Auch Pompey, der Nigger, murmelte im Schlaf, ihm träumte von der Rakoonjagd;

nur der Indianer lag ganz still, und sein Roß stand
eben so still abseits den andern drei. Allmälig
verloren unter dem Rauschen des Flüßchens meine
Gedanken ihre Bestimmtheit; wie es zu geschehen
pflegt, verfiel auch ich, trotzdem ich die Wacht hatte,
in einen Halbschlummer, dessen Dauer ich nicht be=
stimmen kann. Ein Schrei Josua Warner's jagte
mich empor und mit Büchse und Messer auf die
Füße. Der Greis stand aufgerichtet, voll vom Mond
beschienen, in unserer Mitte, und starrte auf eine
Lichtung, die hinaus auf die weißleuchtende Prairie
jenseits des Stromes führte. Der Chactas und
der Neger hatten auch ihre Waffen ergriffen, die
Pferde zogen angstvoll an ihren Halftern. Nirgends
war das Geringste, was Grund des Schreies und
Schreckens hätte sein können, zu erblicken. Dem
alten Vater war der Hut entfallen, seine Locken
schimmerten silberweiß, starr war sein Blick, dem
eines Schlafwandlers ähnlich, gradeaus gerichtet,
und die Augen Aller folgten den seinigen. Ich
wollte den Träumenden beim Arm fassen, um ihn

zu erwecken; aber er winkte mir und deutete auf
die Lichtung:

„Still — da ist sie — seht Ihr sie? Lizzie!
Lizzie! Da schwebt sie fort! Lizzie! liebe Lizzie!
warte, warte, wir kommen!"

Nichts zu sehen, — kein Ton zu hören außer
dem Rauschen des Wassers; in tiefster nächtlicher
Ruhe lag die Natur. Ich fürchtete, das Unglück
habe die Sinne des armen Vaters verwirrt; aber
vergeblich suchte ich in seinen Augen nach dem irren
Flackerlicht des Wahnsinns. Josua Warner war
ein harter Mann, ein eisenherziger Sclavenhalter,
und wie ein solcher sah er auch jetzt wieder aus.
„Kommt, Fred," sagte er, „wir sind am Ziel; sie
hat mich gerufen, ich habe sie gesehen, Gott segne
ihr süßes Gesicht, kommt mit den Pferden." —
Die Büchse hing er über die Schulter, sein Roß
band er los und nahm es beim Zügel. Gegen den
Fluß führte er es; wir Andern folgten seinem Beispiel; ich in leisem Grauen, der Neger kopfnickend

und die glänzenden Augen rollend, Chinapatawe, der Indianer, gravitätisch und bedachtsam. Ich wollte die Büchse schußbereit in den Arm werfen; aber der Greis schüttelte das Haupt: „Nicht nöthig, Fred, arme Lizzie!" — Wir schritten auf die Lichtung zu und zogen durch den seichten Strom fast trockenen Fußes. Eine kurze Zeit zogen wir im Mondenlicht; dann nahm uns der Wald wieder auf, und wir schritten weiter, nach indianischem Brauch in einer Linie, der Alte voran, dann ich, dann Pompey, zuletzt der Chactas, Jeder sein Pferd am Zügel führend. Eine gute halbe Stunde blieben wir nun im tiefsten Dunkel; dann hielt der Greis plötzlich an und wies auf den Boden. Der Indianer stieß den Verwunderungsruf seines Volkes aus, der Neger glotzte; wir standen vor einer Feuerstelle, um welche Alles auf den längern Aufenthalt eines Reitertrupps hindeutete. Kaum acht Tage alt konnten diese Spuren sein.

„Arme Lizzie!" murmelte der Vater. „Wie Deine kleinen Füße so wund waren! Wie Du so müde geworden bist! Schläfst Du, schläfst Du sanft? Still, still, daß wir sie nicht wecken."

Der Indianer hielt ein weißes Tuch in die Höhe; ich nahm es aus seiner Hand, es waren Blutflecke darauf bemerkbar. Es war ein feines Damentaschentuch, und an der einen Ecke trug es die gestickten Buchstaben E und W; es konnte kein Zweifel herrschen, wir waren der unglücklichen jungen Frau auf der Spur. Die Buchstaben bedeuteten Eliza Warner; aber das Blut, das Blut?! — Ich wollte das Tuch den Blicken des Vaters verbergen; er nahm es mir jedoch ganz ruhig aus der Hand und sagte:

„Sie schläft — ihre Brust that ihr so weh. Es ist Blut aus ihrer kranken Brust, Fred. Ich wußte es wohl, sie konnte den langen Ritt nicht er=tragen, es mußte so kommen."

Er verbarg das traurige Zeichen in seinem Busen, nachdem er es geküßt hatte; dann führte er sein Roß weiter, ohne aufzuschauen, als wandele er auf vollständig bekanntem Wege. Der Boden senkte sich nunmehr; die Bäume standen nicht mehr so

dicht gedrängt; wir traten endlich hervor aus dem
Walde auf die große Prairie, hinaus in das vollste
Mondenlicht, und geriethen sogleich in brusthohes
Gras. War dieses Gras einst von menschlichen
Füßen und Rosseshufen niedergetreten worden, so
hatte es sich längst wieder aufgerichtet, und keine
Spur der frühern Wanderer war mehr zu erblicken.
Das Haupt vorgebeugt, mit tiefathmender Brust,
schritt Josua Warner dahin. Ein Rudel Hirsche
jagte kaum fünfzig Schritte von uns zur linken
Seite über einen Hügelrücken gegen Süden. Wir
waren immer noch auf dem Wege gegen Westen, den
fernen, wilden, gloriosen Westen; doch nach einer
Viertelstunde hielten wir an in der unermeßlichen
Ebene, ohne ihn gefunden zu haben. Wir hatten
nur gefunden, was wir suchten. In dem wogenden
Gras, inmitten der Unendlichkeit von Himmel und
Wiese, trafen wir auf einen winzigen Erdhügel, auf
ein ganz frisches Grab, das Grab der unglücklichen
Elisabeth Warner. Eine rohe Holztafel verkündete
ihren Namen und den Tag ihres Todes; die Stimme,

welche den Vater von seinem Lagerplatz im Walde
emporjagte, war nicht Täuschung gewesen; er hatte
sein Kind wiedergefunden. Bewußtlos lag er, den
Hügel mit seinen Armen umfassend; stumm standen
wir Andern auf unsere Büchsen gelehnt, und der
rothe und der schwarze Mann begriffen das Ge=
heimnißvolle, das Erschütternde grade so gut wie
der Deutsche. — Wir verfolgten den schlechten
Burschen, welcher die arme Lizzie in dieses einsame
Grab gestoßen, welcher diesen Hügel über ihrem
Leibe aufgehäuft hatte, nicht weiter; — was für
eine Rache hätten wir an ihm nehmen sollen? Den
langen traurigen Heimweg zum Mississippi traten
wir bereits am folgenden Tage an; — vielleicht
traf niemals wieder ein Anderer auf dieses trostlose
Grab in der Prairie. Die Hirsche und Büffel
mochten um es her ruhig weiden, die Geier dar=
über ihre Kreise ziehen; ein menschliches Auge fiel
vielleicht nie wieder auf diese Holztafel und den
Namen Elisabeth Saint Coeur. Ich lebte mit dem
Vater bis zu seinem Tode; ich war der Einzige,

mit welchem er über das ferne Grab sprechen konnte,
und ich durfte mich kaum von seiner Seite entfernen.
Er gab mir seinen Namen und setzte mich, als er
starb, zum Erben seines Vermögens ein. Für das
Leben in den Sclavenstaaten war ich jedoch durch=
aus nicht gemacht. Für die Baumwollenpflanzung
fand ich bald einen Käufer, meine Herren Sclaven
führte ich nach den Neuenglandstaaten und ließ sie
laufen; bis auf Einige, welche durchaus nicht
laufen wollten, sondern sich mit großem Geschrei an
mich festklammerten und behaupteten, ich sei ver=
pflichtet, sie, Pompey, Cäsar und Agrippina, ge=
wöhnlich Grippy genannt — zu behalten. Zu Theil
war mir jetzt Alles geworden, was ich mir im
Winzelwalde als das höchste Glück der Welt vor=
gestellt und gewünscht. Seefahrer, Krieger, Jäger
war ich gewesen, blutige Abenteuer hatte ich glück=
lich bestanden; bei mehr als einer Gelegenheit sah
ich dem Tode ohne Augenzwinkern in's Gesicht.
Reich war ich jetzt, der freieste Mann auf Gottes
Erdboden; aber nun fehlte mir doch wieder Alles;

zurück in die Heimath trieb der glühende Wunsch;
Alles, was ich in der Weite gesucht und gefunden
hatte, verblaßte jetzt gegen das, was die einst so
gering geachtete Heimath zu bieten hatte. Nach
Dir, Eva Dornbluth, sehnte ich mich, und nicht
eher hatte ich Ruhe, bis ich wieder auf dem blauen
Meere schwamm. Den Hauptmann Konrad von
Faber hatte ich zu New-York kennen gelernt; er
machte mit mir die Ueberfahrt nach Europa. Wir
schlossen uns ziemlich eng aneinander, ohne daß er
jedoch meinen wahren Namen erfuhr; er hat mich
auch in die hiesige Gesellschaft eingeführt. In
Hamburg trennten wir uns für's Erste; ich suchte
Dich, Du Theure, zuerst natürlich im Winzelwalde.
Ich war in Poppenhagen und vernahm alle die
Veränderungen, welche sich dort zugetragen hatten.
Man erkannte mich natürlich nicht, und ich gab mich
auch nicht zu erkennen. Das war vor acht Tagen.
Mein Bruder Robert war eben davongegangen, wie
ich, wie Du. Ueber Dich schüttelte man die Köpfe;
denn dunkle, verworrene Gerüchte waren über Dich

in das vergessene Thal gedrungen. In toller Angst
und Hast kam ich hierher — ich vernahm, was
unserm Robert geschehen war; aber ich hatte gelernt, mich zu beherrschen. Mit lächelnder Miene
ging ich umher, ließ mich von dem Hauptmann
Faber überall vorstellen; der junge reiche Amerikaner war überall ein gerngesehener Gast. Für
manche Sünde meines Lebens habe ich durch die
innere Qual dieser letzten acht Tage reichlichst ge-
büßt; — nun verzeihe mir, Eva Dornbluth, meine
Geliebte, meine Braut, mein Alles. Zu Deinen
Füßen knie ich hier, verzeihe mir, verzeihe Alles,
was der wilde Fritz vom Eulenbruch durch Vergessen, Zweifel und Mißtrauen gesündigt hat; ich
liebe Dich, und habe Dich immer geliebt, und nie
an ein anderes Weib gedacht!"

Weinend hob Eva den Freund auf:

„Sei ruhig, Herz. Ich lasse Dich nicht. Die
Sterne haben uns auseinander geführt, die Sterne
haben uns von Neuem vereinigt. Nicht wahr,
nun soll uns nur der Tod scheiden?"

„Nur der Tod!" rief Friedrich Wolf. „Sag'
es noch einmal, sag' es mir wieder, daß Du mit
mir gehen willst, daß Du mir immer zur Seite
stehen willst!"

„Immer, immer! Deine Sterne sind die mei-
nigen."

„So laß uns gehen! Morgen, heute, in dieser
Nacht!"

„Und Dein-Bruder?"

„Dürfen wir ihm jetzt entgegentreten? Wir
wollen schon für ihn sorgen. In der rechten Stunde
wollen wir ihn dann zu uns rufen."

„Du sollst entscheiden."

„Er hat auch seine Sterne. Mögen sie ihn
gut und sicher führen, wie sie uns geführt haben.
Fürchtest Du Dich aber auch nicht vor dem Meere,
Du Süße, Liebe?"

Eva Dornbluth schüttelte den Kopf:

„Hab' ich mich vor der Welt gefürchtet? Die
ist ein noch ganz anderes, viel wilderes Meer."

Der rothe Wolf zog von Neuem das Mädchen aus dem Winzelwalde an seine Brust; dann warf er jubelnd und triumphirend die Hand empor:

„Westward ho! Gesegnet seien unsere Sterne!"

———

Elftes Capitel.

Das Hinterhaus von Nummer Zwölf in der Musikantengasse
erfährt eher etwas Merkwürdiges, als das Vorderhaus.

Es war spät in der Nacht, und doch war noch
Licht in der Werkstatt des Schreiners Tellering, im
Hinterhaus von Nummer Zwölf in der Musikantengasse. Der Kanarienvogel im Bauer hatte sein
Köpfchen unter die Flügel gezogen und schlief sanft;
aber Hobel und Hammer in den Händen von Johannes und Ludwig Tellering, Vater und Sohn,
waren noch nicht zu Ruhe gekommen, obgleich sie
bereits ein saures Tagewerk hinter sich hatten. Der
alte und der junge Handwerksmann waren beschäftigt, einen Sarg zu zimmern; und ein Sarg ist ein

curioses Stück Arbeit, welches keinen Aufschub duldet.
Für die Wiege darf der Mensch als Mensch und
Hausvater lange vorher, ehe sie gebraucht wird,
sorgen, und die junge Braut und Frau darf sie in
erröthender Erwartung der Dinge, die da kommen
sollen, unter ihrer Aussteuer in das Haus des
Mannes bringen; wenn aber Jemand bei Lebzeiten
seinen Sarg bestellen wollte, so würde das mit
Recht die Verwunderung der Nachbarn und Mit=
lebenden erregen, und das Exempel des Kaisers
Karl des Fünften würde zur Rechtfertigung solcher
Schrulle durchaus nicht ausreichen. In Gedanken
zimmert der fromme Christ leider freilich oft genug
einen hübschen, festen, bequemen Sarg im Voraus
für geliebte Anverwandte, die sehr reich, oder andere,
welche zu mürrisch und alt sind; aber hat man
jemals wohl davon gehört, daß ein liebender Neffe
einem alten Erbonkel solch ein schwarzes, solides,
mit Silber beschlagenes Ruhebett zum Geburtstag
oder bei einer andern festlichen Gelegenheit als
Zeichen seiner Verehrung und Liebe dargebracht habe?

Weder die alten noch die neuen Schriftsteller, weder
die Classiker noch die Epigonen melden von einem
solchen Factum.

Uebrigens ist es immer eine traurige Arbeit,
einen Sarg zu machen, in Gedanken sowohl, wie
in der Wirklichkeit; man kann in keiner fröhlichen
Stimmung dabei sein; und so arbeiteten auch in
dieser Mitternacht Vater und Sohn ernst und eifrig
nebeneinander fort und sahen kaum von ihrer
Arbeit auf. Jeder dachte dabei das Seinige, und
ob die Gedanken aus einem grauhaarigen oder
braungelockten Kopfe entsprangen, einerlei, sie waren
gleich melancholisch gefärbt; obgleich weder Meister
Johannes noch Ludwig viel von dem Schläfer
wußten, welchem sie das letzte Ruhebett bauten.

Neben der Werkstatt befand sich die Schlafkammer der Frauen der Familie. Die hübsche, lustige Louise schlief so sanft und friedlich, wie der
kleine Vogel im Bauer; sie lächelte im Traum und
vernahm nicht das Mindeste von Hobel, Hammer
und Säge. Wachend lag aber die Mutter Anna,

sie horchte schlaflos der fortschreitenden Arbeit des Mannes und Sohnes. Solch eine alte Frau hat mehr Sorgen, als ein junges Ding von sechzehn Jahren; die Jungen und Gedankenlosen wissen gar nicht, wie glücklich sie sind.

Die beiden Fenster der Werkstatt gingen auf den Hof; das einzige Fenster der Kammer der Frauen sah in die enge schwarze Gasse, durch welche man gehen mußte, um zu dem Klosterhof von Sanct Nikolaus, um zu bem Giebel des Sternsehers Heinrich Ulex zu gelangen. Wir kennen den Weg bereits. An das Fenster der Schlafkammer klopfte plötzlich Jemand ganz leise und erschreckte die Mutter Anna badurch ungemein. Hochauf fuhr sie und horchte, ob sie sich auch nicht getäuscht und das Spiel des Windes für das Anpochen einer menschlichen Hand genommen habe. War der Todte, für welchen der Ehemann und der Sohn sich quälten, ungeduldig geworden? Kam er, um sich nach seinem letzten Hause zu erkundigen? Frau Anna warf einen Blick nach dem Lager ihrer Tochter; das

junge Mädchen schlief ruhig weiter; auch Hammer
und Hobel in der Werkstatt ließen sich in ihrem
Werke nicht stören. Aufrecht saß die Frau im
Bett; eben wollte sie sich wieder niederlegen, als
sich das Anpochen wiederholte. Eine klare Stimme
rief dicht vor dem Fenster:

„Ich bin's. Erschreckt nicht. Ich bin's, —
Marie Heil!"

„Mein Jesus!" rief die Frau. „Johannes!
Ludwig! Da ist Jemand draußen. Marie Heil ist
draußen. Oeffnet ihr doch! Louise, Kind, wach'
auf."

Louise erwachte und fragte, was es gäbe. In
der Werkstatt hörte das Hämmern und Pochen auf.
Auf den Ruf seiner Mutter hatte sich Ludwig Telle=
ring blitzschnell von der Arbeit emporgerichtet. Als
er den Namen Marie Heil vernahm, lief er, im
höchsten Grade betroffen, eiligst der späten Be=
sucherin die Thür zu öffnen. Die Frauen kleideten
sich schnell an.

Mit zitternder Hand schob Ludwig den Riegel

der Hausthür zurück. Der Wind blies ihm die Lampe aus, und er mußte die Hand der kleinen Familienfreundin ergreifen, um sie zu der Hofwohnung zu geleiten.

„Was ist denn geschehen, Fräulein Marie?" fragte er ängstlich. „Um Gotteswillen, es ist' doch kein Unglück geschehen?"

Die Stimme Marie's kämpfte zwischen Weinen und Lachen, als sie antwortete:

„Ein Unglück? Nein, nein! Aber ich muß fort — ich gehe fort — weit — weit — o so weit, Herr Ludwig!"

Herr Ludwig faßte die kleine Hand noch viel fester, als vorher; er ließ sie auch nicht eher los, bis die Hofwohnung erreicht war. Das Wort des Mädchens hatte den jungen Mann so erschreckt, daß ihm jedes Wort, jede Frage im Munde stecken blieb; desto lauter und vielfältiger aber drängten sich die Fragen der übrigen Familie Tellering, deren Glieder jetzt sämmtlich in der gerümpelvollen, veräucherten Werkstatt, zwischen Hobelspänen, Brettern,

17*

Werkzeug aller Art und neben dem Sarge ver=
sammelt waren.

Der scharfe Wind, die Gemüthsbewegung und
der eilige Lauf durch die Gassen hatten die Wangen
der kleinen Marie noch viel röther gemacht, als sie
schon im gewöhnlichen Zustande waren. Eine ge=
raume Zeit stand sie inmitten der verwunderten, er=
schreckten Freunde, ehe sie sich so weit gesammelt
hatte, um Bericht zu geben über das, was sie zu
so ungewohnter Stunde hertrieb. Ludwig Tellering
hatte die Faust auf den halbfertigen Sarg gelegt,
wiederholte im Innersten seiner Seele: ich gehe fort,
weit, weit fort, — starrte das junge Mädchen mit
weit offenen Augen an und sah ungefähr aus, wie
Jemand, welcher aus einem schönen Traum ver=
mittelst eines Waschnapfes voll kalten Wassers ge=
weckt worden ist.

„Setzen Sie sich doch, Marie," sagte der Meister
Johannes, eine Bank mit der Handwerksschürze ab=
stäubend; aber das junge Mädchen schüttelte energisch
den Kopf:

„Ich danke sehr, Meister. Ach, Du lieber Gott, für's Erste werde ich wohl nicht wieder zum Sitzen kommen und noch weniger zum Liegen. Wir gehen fort, o so weit, — bis an der Welt Ende; — erst nach Italien, dann nach Paris, dann nach Amerika."

„Nach Amerika?!" rief die Familie Tellering in den verschiedensten Tonarten, und Ludwig fuhr abermals zusammen, wie vom Blitz getroffen, faßte sich aber als ein Mann sogleich wieder und stellte sich fest auf den Füßen, als wolle er im Boden Wurzeln schlagen und Blätter und Blüthen treiben, gleich einer von einem allzu persönlichen Gott ver= folgten griechischen jungen Dame aus der Zeit der Metamorphosen.

„Na nu?" rief der Alte.

„Ach Du mein Himmel!" rief Louise.

„Nach Amerika?!" rief die Mutter Anna, auf einen Holzschemel finkend.

Ludwig Tellering sagte gar nichts; er nahm mechanisch seine Mütze vom Tisch und setzte sie fest auf den Kopf.

„Das ist wirklich eine merkwürdige Nachricht,"
rief der Meister. „Und wann soll die Reise vor sich
gehen?"

„In dieser Nacht — gleich! Ich komme, zu
fragen, meine Herren, ob Sie uns helfen wollen
beim Einpacken. Wir wollen mit fremden Leuten
nichts zu thun haben. Viel nehmen wir nicht mit.
Seht mich nur nicht so erschreckt an, Ihr Leutchen;
es geht Alles mit rechten Dingen zu. Wir über-
legen es uns erst recht reiflich, ehe wir uns ent-
führen lassen."

Die Aufregung der Familie Tellering stieg immer
höher.

Louise schloß die kleine Freundin in die Arme
und rief schluchzend:

„Es ist Dein Ernst nicht, daß Du weggehst!
O, Marie, was soll das nur? Was soll das heißen?"

„Es ist mein völliger Ernst," schluchzte dagegen
Marie Heil. „Ich kann nicht anders, so große
Angst ich auch habe. Es ist eine merkwürdige Ge-

ſchichte, und ich hätte nie gedacht, daß ich ſo etwas erleben ſollte. Ich kann meine Herrin nicht ver= laſſen."

Die Dienerin Eva Dornbluth's erzählte nun, was vorgegangen war, wie Herr Friedrich Wolf, der Bräutigam ihres Fräuleins, als ein reicher Mann heimgekehrt ſei aus den fernen Mohren= und In= dianerländern, und wie er ſeine Braut ſogleich mit ſich fortführen wolle, und wie man keinen Augenblick verſäumen dürfe.

„Wir entſchloſſen uns kurz," fuhr ſie fort, „denn wir haben uns nie lange beſonnen, das Leben iſt nicht lang genug dazu. Mein Fräulein fragte mich, ob ich weiter mit ihr gehen, oder ob ich hier bleiben wolle. Ich fragte ſie, was ſie von mir dächte, ob ſie mich für ein Ding hielte, das ſich vor einem Mohren oder einem Indianer oder ſonſt einem wilden Mann fürchte? Ich ſagte, ob ſie ſich nicht erinnere, was ſie Alles an mir gethan habe, und wie ſie mich faſt wie eine Schweſter behandelt habe. Sie ſagte, das ſei Alles recht gut; aber der Weg ſei ſo

weit, und die Welt sei so weit, und man könne
nicht wissen, ob man jemals wieder zurückkomme.
Der Herr sagte, er wolle auch hier gut für mich
sorgen; aber ich antwortete ihm, wie er es verdiente: was er von mir dächte, ich wolle mein
Fräulein doch nicht mit ihm allein zu allen Hotten-
totten und Russen, Chinesen und Menschenfressern
ziehen lassen — dazu kenne ich ihn doch noch nicht
lange genug. Und um die Sache zu einem schnellen
Ende zu bringen und nicht laut heraus zu weinen,
sprang ich weg nach meinem Mantel und Hut, und
wenn die Herren uns nun helfen wollen, unsere
Koffer zur Eisenbahn zu schaffen, so soll uns das
sehr angenehm und lieb sein. Was wir nicht
tragen können, lassen wir zurück und kümmern uns
nicht drum. Die Armen sollen es haben; denn wir
sind selbst arm gewesen, und mögen es überall
besser wiederfinden."

Die Aufregung der Familie Tellering war nicht
zu schildern, sie hatte den äußersten Grad erreicht.
Das Plötzliche und Unerwartete that das Seinige,

Jedermann in die höchste Verwirrung zu bringen.
Selbst der Canarienvogel erwachte, zog den Kopf
unter dem Flügel hervor, schaute verwundert umher
und rieth mit hellem Gezwitscher der kleinen Marie,
Vernunft anzunehmen und im Lande zu bleiben.
Louise weinte laut, es weinte die Mutter Anna,
der Alte schüttelte betrübt den Kopf, und Ludwig —
Ludwig schien den Kopf vollständig verloren zu
haben. Dann kam ein Augenblick, während welchem
Marie und Louise einander schluchzend in den Armen
lagen, und beiderseitig nicht an die plötzliche Tren=
nung glauben konnten und wollten; dann kam ein
Augenblick, wo Marie Heil sich wieder zusammen=
raffte und eine kleine thränenerstickte Rede hielt über
die Flüchtigkeit der Zeit, und wie man nie wisse,
ob man nicht recht bald wieder zusammenkommen
werde. Nun hatte der Meister Johannes Tellering
Mütze, Jacke und Rock gefunden, und die Mutter
Anna hatte weinend dem jungen Mädchen, welches
so weit in die Welt gehen wollte, ihren Segen ge=
geben. Ludwig Tellering quälte sich vergeblich ab,

mit dem linken Arm durch den rechten Aermel in
den Rock zu gelangen; es bedurfte der vereinigten
Hilfe von Vater und Mutter, um seine Ausrüstung
zu vollenden.

Nun ein Thüröffnen und ein Thürschließen: auf
ihren Betten — allein in ihrer Kammer — saßen
die Frau Anna und Louise; sie weinten Beide und
machten ihrem Kummer in abgebrochenen Ausrufen
Luft. Gegangen war die kleine Freundin, und der
Canarienvogel in der Werkstatt, jetzt vollständig wach
und munter, sang ihr sein lustigstes Leibstückchen
nach. — — — — — — — —

Mitten im unbehaglichen nächtlichen Getümmel
am Bahnhof! Wie pfiff und heulte der kalte Wind
durch die dunkle hohe Halle! Jede Laterne diente
nur dazu, die Nacht noch finsterer zu machen; un=
geduldig keuchte die Locomotive und sah mit feuri=
gen Augen in die Dunkelheit. Vor der Wagenreihe
drängte sich das fröstelnde, vermummte, bepelzte Ge=
wimmel der Reisenden; Beruf und Pflicht, Glück
und Unglück kümmern sich nicht um Jahreszeit,

Wetter und Stunde; sie jagen die Menschen auf und treiben sie, und die armen Menschen denken gar noch, sie seien auf der Wanderung, weil sie es wollen, weil sie es reiflich überlegt und beschlossen haben.

Eva Dornbluth saß bereits im Coupee; Friedrich Wolf drückte dem alten Meister Tellering die Hand zum Abschied; Ludwig aber zögerte mit der kleinen Marie noch immer vor dem Wagen, so betäubt wie je. Krampfhaft hielt er den Arm des jungen Mädchens.

„O Marie, Marie, weshalb gehen Sie fort? Bleiben Sie hier!"

„Ich darf nicht, Herr Ludwig."

„Wollen Sie meiner Schwester immer schreiben, wo Sie sind und wie es Ihnen geht?"

„Gewiß! Ach machen Sie mir das Herz nicht noch schwerer."

„Sie wollen uns nicht vergessen?"

„O Herr Ludwig!"

„So leben Sie wohl, Marie. Wir sehen uns

wieder!" Er riß die Kleine in den Arm und küßte
sie. Er that es. Dann schob er sie in wilder Hast
in den Wagen und stürzte aus der Bahnhofshalle,
ohne sich umzusehen. Ihm nach klang ein leiser
Ruf: „Ludwig!" aber er vernahm ihn nicht mehr;
wie konnte er hören und sehen? Friedrich Wolf gab
dem Meister Johannes noch einen Brief für einen
Mitbewohner des Hauses Zwölf in der Musikanten=
gasse, über welchen er mit ihm viel auf dem Wege
zum Bahnhof gesprochen, von welchem er viel sich
hatte erzählen lassen.

Nun schrillte die Pfeife des Zugführers. Laut
auf schrie die Locomotive, einem wilden Thier gleich,
das losgelassen wird von der Kette. Der heiße
Athem füllte mit dichten Wolken die hohe Halle; in
Bewegung setzte sich der Zug. Hinaus, hinaus,
schnell und immer schneller hinaus in die Nacht, die
Zukunft; südwärts soll es Länder geben, wo es
nicht schneit, wo die Sonne keinen Winter duldet.
Südwärts fuhren Fritz und Eva. Noch einmal
winkte Marie Heil aus dem Coupee; kopfschüttelnd,

traurig sah den Reisenden der Meister Johannes
nach. Dann schritt er ebenfalls aus dem Bahnge-
bäude, und fand an der nächsten Straßenecke seinen
armen Jungen.

Sie gingen nach Haus, und der Alte legte sich
erschöpft zu Bett. Ludwig Tellering aber machte
sich mit fieberhafter Hast von Neuem an die Arbeit;
den Sarg vollendete er allein. Mit grimmiger
Energie schlug er Nagel auf Nagel ein. Es war
ein trauriges Werk; aber Todesgedanken hatte der
Jüngling nicht dabei. Wir können ihm nur Glück
wünschen zu seinen Gedanken; es waren muthige
Gedanken, und der Muth ist ein edel Ding in
dieser Welt.

Zwölftes Capitel.

Julius Schminkert für immer! Schlaue Bemerkungen des
Autors über die Damen im Kartenspiel.

Am folgenden Morgen schien freundlich die
Sonne in das Zimmer des Polizeischreibers; nach
vier Uhr hatte sich der Himmel geklärt; wenn auch
der kalte schneidende Wind immer noch anhielt. Es
war ein Sonntag, und Friedrich Fiebiger war ein
freier Mann, welcher sich den Teufel um das Bureau Nummer Dreizehn kümmerte und es dem
Staube und den Gespenstern der Registerbücher gern
und willig überließ. In dem Bureau Nummer
Dreizehn mochten die unheimlichen Geister so viel

Tänze und Sprünge machen, wie sie wollten, ruhig
saß der Polizeischreiber Friedrich Fiebiger mit Robert
Wolf beim Frühstück und betrachtete durch die Wol=
ken seiner Tabackspfeife still und unbemerkt seinen
Schützling zum ersten Mal beim hellsten Tageslicht,
und was er sah, konnte ihm nicht mißfallen.

Der Schmerz verleiht oft der gewöhnlichsten
Physiognomie einen Reiz, von welchem sonst keine
Spur in ihr zu finden ist; denn der wahre Schmerz
erhebt über das Alltägliche und hat, wie die wahre
Freude, eine verklärende Macht, die selbst im Körper=
lichen zur Erscheinung kommt. Hier aber hatte der
Schmerz sein Siegel auf ein schon von Natur schö=
nes und geistvolles Gesicht gedrückt, und so war der
energische Zauber unbeschreiblich.

„Sieh mich an, Robert," unterbrach endlich der
Schreiber sein stummes Studium, dem er sich fast
mit Gewalt entreißen mußte. „Hätten wir gestern
wohl gedacht, daß wir heute die Sonne so klar
sehen würden? Es ist kaum noch eine Wolke zu
erblicken. Sieh auf, Robert Wolf."

Der Knabe erhob matt das Gesicht; die Thränen traten ihm immer von Neuem in die Augen.

„Ich werde es nie überwinden," murmelte er.

„Das wirst Du doch, mein Junge. Kind, Du hast noch nicht erfahren, wie viel der Mensch überwinden kann und muß. Du hast erst den Kelch des Lebens an die Lippen gesetzt; jetzt betäubt Dich der erste Schauder vor der Bitterkeit des Trankes; — herunter damit, — die Betäubung wird weichen. Es setzt doch Niemand das Glas ab, ehe die Neige geleert ist; wer es vorher im Lebensüberdruß an die Wand geworfen hat, der ist nur in etwas hastigeren Zügen damit fertig geworden. Man erschießt sich nur, wenn der Topf leer ist."

„Ich wollte, ich könnte Sie verstehen, aber ich kann es nicht. Mein Kopf schmerzt zu sehr, mein Hirn ist zu wüst. O bitte, schicken Sie mich in den Wald zurück, lassen Sie mich fort; ich kann mit ihr nicht dieselbe Luft in dieser Stadt athmen. Was soll ich hier? Aus dem Hause darf ich nicht gehen; ich könnte ihr begegnen in den Gassen, —

o schicken Sie mich heim, schicken Sie mich zurück in den Wald!"

„Armes Kind, Du weißt nicht, in welcher Ein-samkeit Du Dich hier in diesem Menschengewimmel befindest. Glaube mir, Deine heimathliche Wildniß wird Dich und Deinen Kummer nicht so gut vor den Menschen schützen und verbergen, als diese Wildniß von aufgethürmten Mauersteinen. Was willst Du den Leuten zu Poppenhagen sagen, wenn Du heimkehrst? Wie willst Du ihnen entgegen-treten, wenn sie Dir mit Geschrei und aufgehobenen Händen entgegenlaufen: Petz ist wieder da!? Werden sie Dich in Ruhe lassen? Werden sie Dir gestatten, ein Einsiedlerleben im Winzelwalde zu führen? Rufe Dir im Geist all Deine Bekannten vor die Seele, die Alten wie die Jungen, das ganze Nest; dann denke darüber nach, was das Völklein sagen wird, wie es lachen, wie es Dir Nasen drehen wird. Dein alter Freund, der Pastor, ist todt, Du kannst Dich nicht in sein stilles Studirstübchen, nicht hinter seine Bücher flüchten und verstecken."

Raabe: Die Leute 2c. I.　　18

Der Knabe ließ das Gesicht in die Hände fallen und zog die Schultern zusammen. Er fühlte, wie sehr der Alte Recht habe.

„Bleibe bei mir, Robert," fuhr' der Schreiber fort. „Ich kann Dich besser verstecken, und will es auch. Eine Tarnkappe sollst Du über die Ohren ziehen; Deine Seele will ich heilen, und hoffe, daß es mir gelingen wird. In Poppenhagen wirst Du sitzen wie ein Uhu auf der Stange und Jedermann zum Gaudium und Aufstoß dienen."

Seine Pfeife stellte der Alte fort und ging schnellen Schrittes in seinem langen Zimmer auf und ab. Noch Mancherlei sagte er dem Knaben; aber dabei war er doch innerlich in großer Angst über die Frage, auf welche Weise er ihn über die erste Zeit einer so sehr veränderten Existenz hinweg=heben sollte.

Da ließ sich auf der Treppe ein dumpfer Ge=sang hören; wohlbekannte Töne, bei welchen der Polizeischreiber sonst die Achseln zuckte, die ihn aber jetzt ärgerlich auffahren ließen. Er machte eine schnelle Bewegung gegen die Thür, um den Riegel vorzuschieben, kam jedoch zu spät; die Thür öffnete sich, und auf der Schwelle erschien Julius Schminkert, zerzauft und übernächtig, mit einem lieblichen Gedüft von allerlei Spirituosen und Tabackssorten in den Kleidern und den verwilderten Haaren.

„Sie hätten erst anklopfen sollen, Schminkert," brummte der Alte ärgerlich.

„Unangemeldet tritt der Geist herein!" sprach pathetisch der Schauspieler.

„Wohl wieder einmal die ganze Nacht nicht im Bett gewesen?"

„Richtig, edler Greis," antwortete Julius mit beneidenswerthem Gleichmuth. „Würde auch sehr schwer gehalten haben in Anbetracht der Verhältnisse. Wäre eine recht schöne und löbliche Einrichtung, wenn die Herren vom Leihhause gestatteten, daß man daselbst — in jenen heiligen Hallen — mit den versetzten Sachen sein Quartier aufschlagen könnte."

„Julius! Julius!" rief der Schreiber; aber der Tollkopf lachte.

16*

„Sie reden immer von verschleuderter, verlorener Zeit, Mann der Ordnung. Wenn ich aber einmal einige Stunden der süßen Bewußtlosigkeit des Schlafes abgewinne, ist's Ihnen wieder nicht Recht. O Ihr Moralisten, was soll man mit Euch anfangen? Uebrigens habe ich Ihnen etwas mitzutheilen, würdiges Haupt. Eine Neuigkeit, eine schicksalhafte Neuigkeit will ich austauschen gegen eine Tasse Ihres mokkaähnlichen Gebräues, edler Römer. Gilt's?"

„Sie dauern mich, Julius. Es soll gelten; — was haben Sie zu sagen?"

Schminkert warf einen Seitenblick auf Robert Wolf, griff nach dem Kaffeetopf und sprach:

„Die schöne Waldfee — Fräulein Eva Dornbluth — oh, noch etwas Zucker, wenn ich bitten darf — hat die Welt, die Stadt und eine hochlöbliche Theaterintendanz hinter's Licht geführt. Sie ist — durchgebrannt."

Der Schreiber ließ die Arme sinken. Robert Wolf, der bis jetzt theilnahmlos das Gesicht abgewendet hatte, sprang mit einem Schrei empor,

starrte den liederlichen Julius einen Augenblick an
und faßte dann mit eisernem Griff die Schulter
desselben.

„Noch einmal! was sagten Sie?“

Julius Schminkert befreite seine schmerzende
Schulter von der kräftigen Hand.

„Donnerwetter! Los die Pfote, schwärzlicher
junger Kymmerier. Ich will Euch Alles sagen;
gebt mir aber eine Cigarre, ehrwürdiges Ueber-
wachungsinstitut.“

Fiebiger deutete kraftlos auf die Cigarrenkiste
im Bücherbrett; Schminkert fühlte sich als Mann
der Ereignisse und benutzte das Uebergewicht, welches
ihm seine Nachricht verlieh. Er machte es sich bequem
in dem Sessel des Polizeischreibers, setzte den er-
langten Glimmstengel in Brand, stieß einige behag-
liche Seufzer aus und gab den Bericht, dem die
beiden Andern mit krampfhafter Aufregung entgegen-
sahen, so langsam als möglich von sich:

„Im trauten Freundeskreise hatte ich einen
Theil der Nacht verbracht. Auch einige Freundinnen

verschönten den Kranz als himmlische Blüthen; rei-
zende Jungfrauen — Priesterinnen der Sonne, Hof-
damen aller Höfe der bekannten und unbekannten
Welt, Nymphen, Elfinnen, Göttinnen, o Angelika,
Du warst nicht zugegen! Wäre nur das Getränk
nicht so verteufelt billig gewesen! 'S ist eine Schande;
je größer der Genius, desto erbärmlicher gewöhnlich
der Spiritus, wodurch die heilige Flamme entzün-
det und genährt wird!"

„Ich bitte Sie um Alles in der Welt, Schminkert; seien Sie verständig, seien Sie barmherzig,
kommen Sie zur Sache!" rief der Schreiber in halber Verzweiflung.

„Bin ich nicht dabei?" fragte der Erzähler würdevoll. „Unterbrechen Sie mich nur nicht, altes Haus,
und Sie werden allgemach eine vollkommen klare
Einsicht in die Dinge gewinnen.   Gut; wir haben
einen Punsch angesetzt, und allgemeine Heiterkeit ist
die Losung. Mit Rosen

Ist jede Stirn bekränzt, athen'scher Geist
Und heit'rer Witz verschönt die schönsten Augen.

Ein wahres Symposion, meine Herren! Aristopha-
nes, Sokrates, Xenophon, Aspasia, Lais, Diotima,
Griechen und Griechinnen, Griechenlands edelste
Geister waren zugegen. O Angelika Stibbe, Du
warst nicht da; auf weichem Pfuhl der Nacht wieg-
test Du die zarten Glieder, o Angelika. Hellenisch
ist der Punsch, hellenisch die Stimmung; da erscheint ein Mann aus späterer Zeit, Mäcenas-
Schwebemeier; ein Regenschirmfabrikant, jetzt Rentier und Hausbesitzer, — schöne Seele — ausgezeichnet guter Magen — anerkennungswerthes
Vermögen. Trararatabumbum!"

Nachdem der Nachtschwärmer so weit gekommen
war, brach er ab, blickte eine geraume Zeit weh-
müthig in den leeren Kaffeetopf und sagte dann:

„In seinem Hause wohnt — wohnt die schöne
Eva. Drittes Stockwerk."

„Weiter! weiter!" rief der Schreiber.

„Hinter den Coulissen heißt unsere Gesellschaft;
ihr Versammlungsort ist in der weißen Lilie. Wir
empfangen den Mäcen in der Lilie hinter den Cou-

lissen mit Wonne und Jubel, und die jungen Damen
gehen ihm mit Grazie um den Backenbart. Schwebemeier muß eine frische Bowle stellen, Schwebemeier
stellt die Bowle; von Neuem flammt das heilige
Feuer, auch das Capital hat untergeheizt. Wir
trinken, wir singen, wir tanzen, und der holde
Wahnsinn hält Jedermann und jedes Fräulein mit
Rosenketten gefangen. Auch die Möbeln fangen
an, an unserer Lust Theil zu nehmen. Zweimal
steckt die hochlöbliche Polizei unter der Visage eines
bärtigen Myrmidonen ihr warnendes Medusenhaupt
in die Thür und schnüffelt in die Lilie. Wir
lassen uns aber nicht versteinern; wir lachen der
Polizei unter die Nase. Wir kennen die Herren
von der Sicherheitsbehörde, nicht wahr, Alterchen?"

Der Erzähler machte abermals eine Kunstpause.
Der Schreiber lief hinundher.

„Das ist unerträglich!" schrie er. „Julius, bei
meinem Zorn —"

Sehr unvermuthet und plötzlich hatte sich
Julius aber an den athemlosen, zähneknirschen-

den Robert gewandt, mit der dringend ausgesproche-
nen Warnung:

„Jüngling, opfere den Grazien, es gibt sonst
Augenblicke in Deinem Leben, Augenblicke, wo sich
vor Deinen Augen und im Innersten Deiner Seele
Alles dreht; wo Du nicht gewiß bist, ob Du auf
dem Stuhle sitzest, oder ob der Stuhl auf Dir
Platz genommen hat; Augenblicke, in welchen es
Dir zweifelhaft ist, ob Du die Götter verlassen
hast, oder ob die Götter Dich aufgegeben haben;
Augenblicke, in welchen Du Dich an Allem halten willst,
aber mit Schrecken merkst, daß alle andern Gegen-
stände eben so schwankend sind, wie Du selber.
Hüte Dich, Jüngling, und achte das Wort eines
erfahrenen Mannes; die Erde dreht sich; aber der
Mensch dreht sich auch manchmal. O wie betrun-
ken war Maecenas atavis! was war aus den Damen geworden! Wir brechen auf, und wer allzu
unselbständig geworden ist, bleibt und deckt den
Wahlplatz schnarchend mit seinem Leibe. Wir aber,
in denen das göttliche Licht der Vernunft nie ganz

erlischt, stellen uns fest auf unsern Beinen, fassen
den Bonhomme Schwebemeier unter die Arme und
bringen — die Damen nach Haus. Wer den ersten
überwältigenden Eindruck der frischen Nachtluft über-
steht, ist gerettet aus den Banden der Unterirdi-
schen; wir überstehen ihn Alle und finden unsern
Weg durch Sturm und Regen. Das bejammerns-
wertheste Bild menschlicher Hinfälligkeit bietet Mä-
cenas dar. Anfangs bezeigt er einige Lust, eine
Laterne einzuwerfen; kann sich jedoch trotz aller
moralischer Ermuthigung, die ihm unsererseits zu
Theil wird, nicht auf die Höhe solch einer männlichen
That erheben. Dagegen tritt bei ihm das Stadium
unzurechnungsfähiger Krakeelsucht ein; aber noch
ehe sich dasselbe unangenehm entwickeln kann, packt
ihn die Reaction mit kalter Faust, — der Rentier
wird weich! Meine Herren, ein betrunkener Hausbesitzer, der sich mit dem Theater, mit der Kunst in
Verbindung gebracht hat und weich wird, ist ein
merkwürdiges Schauspiel. Schwebemeier edite re-
gibus zerfließt in Thränen, er beruft die Manen

seines verstorbenen Weibes und beschwört die erreg-
ten Gefühle seiner gegenwärtigen Ehehälfte; er heult
in allen Tonarten über die eigene Schlechtigkeit,
Unsolidität, Immoralität; er macht den ihn gelei-
tenden Damen vielen Spaß. Aber die Damen
werden nach Hause gebracht; die übrigen Herren
der heitern Gesellschaft verlieren sich gleichfalls in
der Nacht, oder vielmehr in dem grauenden Morgen; — dem gutmüthigen Julius liegt der zer-
fließende Particulier zuletzt allein auf den Schultern; — meine Herren, sollten Sie es für möglich
halten, daß es mir selbst jetzt in solchem Augenblicke unmöglich war, der zugeknöpften Hartnäckigkeit des Philisters ein kleines Darlehen auf die
beste Sicherheit zu entlocken? Sollte man nicht an
der Welt verzweifeln, wenn dem fühlenden Manne
der brutale Instinkt dieser Thiermenschen selbst in
den rührendsten Augenblicken entgegenfletscht? Ich
schleppe den Regenschirmfabrikanten, wie weiland
Atlas die Welt; wir langen nach Ueberwindung
übermenschlicher Schwierigkeiten vor der Thür des

Mannes in der Lilienstraße Nummer Zwölf an und
finden sie offen. Es ist vollständig Dämmerung,
und die ersten Spuren wiederkehrender Menschen-
würde werden an dem Rentier sichtbar. Er findet
es unerklärlich, als er seine Halsbinde nicht mehr
findet, und bedenkt nicht, daß er sich mehrmals in
den Canal stürzen wollte, und jedesmal an der
Cravatte zurückgehalten wurde. Ich schiebe ihn die
Stufen seiner Hausthür hinauf, und auf der Hausflur erschreckt uns eine Gespenstererscheinung. Be-
leuchtet vom Schein einer Küchenlampe taucht dicht
vor uns eine Person auf — die Erde hat Blasen,
wie das Meer sie hat — eine Person, welche in
sich alle Vorzüge der drei Macbeth'schen Hexen vereinigt. Schwebemeier's Gattin ist's, und die Gräß-
lichkeit der Erscheinung vernichtet den Gemahl so-
fort vollständig und macht auch auf mich trotz meiner
männlichen Gelassenheit einen überwältigenden Eindruck. Sie stürzte sich auf uns, und der holde
Strom ihrer Rede überfloß uns, alle Dämme der
Rhetorik durchbrechend; schreckensbleich duckten wir

die Köpfe, als sie zufaßte und den Mann ihres
Herzens beim Kragen nahm. Ich wich ihr, nach=
dem ich aus ihrem höllischen Gezeter noch ver=
nommen hatte, was ich Euch entgegenrief, Ihr
Herren: Fräulein Eva Dornbluth, der Stern des
Waldes, die Fee aus der Wildniß, das große und
schöne Räthsel der Stadt, hat in dieser ewig denk=
würdigen Nacht in der Begleitung und unter dem
Schutze eines hochgewachsenen Herrn mit rothblon=
dem Backenbart ihre Wohnung und das Haus des
Particulier Schwebemeier verlassen und sich in einem
himmelblauen, sterngestickten Zauberschleier den Augen
der trauernden Menschheit entzogen: — warum,
wozu und wofür, habe ich noch nicht erfahren
können, doch

> Im schnellen Fluge folgen sich die Stunden,
> Der Tag ist da, die Wahrheit wird gefunden." —

Seinen Rock knöpfte Robert Wolf zu; nach
seiner Mütze sah er sich um, als wolle er auf der
Stelle der flüchtigen Geliebten nachlaufen. Der

Polizeischreiber aber hatte ein scharfes Auge auf
ihn, stellte sich mit dem Rücken an die Thür und
rief im Innern alle Götter an, flehend, das Ver-
nommene möge Wahrheit sein. Als der Knabe
aus dem Walde die Hand auf den Thürgriff legte,
legte er seine Hand auf die des Knaben und rief
mit spöttischem Lachen:

„Wohin willst Du, Robert Wolf? Willst Du
Dich noch einmal von der Dame auslachen lassen?
Ich dächte, jeder ordentliche Mann hätte an einem
Male genug."

Der Jüngling ließ unter der kalten Hand des
Alten den Thürgriff los und schlich zu seinem
Stuhl zurück. Ein Männertritt ließ sich auf der
Treppe vernehmen; Ludwig Tellering trat ein. Er
trug den Brief in der Hand, welchen Friedrich Wolf
in der vergangenen Nacht seinem Vater gegeben
hatte. An die Ueberreichung desselben knüpfte er
zugleich die Bitte, der Herr Polizeischreiber möge
ihm — Ludwig Tellering — einen Atlas und ein
Geographiebuch mit „recht viel über Italien, Paris

und Amerika drin" leihen. Er erhielt das Ver=
langte und empfahl sich mit höflichem Gruße, um
den ganzen Sonntag über eifrigst sich dem Studium
der Länder zu widmen, der Länder, nach welchen
Marie Heil gegangen war.

Zweifelnd wog der Polizeischreiber das ver=
siegelte Schreiben in der Hand, dann befahl er in
so ernstlicher Weise dem gemüthlichen Julius, sich zu
packen, daß dieser der Bitte unverzüglich nachkam.
Nun erbrach der Alte den Brief, ein kleines Billet,
gerichtet an Robert Wolf, fiel heraus; der Schrei=
ber behielt es für's Erste noch in der Hand und
vertiefte sich ganz und gar in die Lectüre des an
ihn selbst gerichteten Briefes.

Das Schreiben lautete:

„Geehrter Herr!

Die Geschicke der Menschen, welche weit von=
einander ihre Bahnen geführt werden, können sich
kreuzen, und Verpflichtungen können entstehen, wäh=
rend die Betheiligten körperlich vielleicht niemals

sich nahe treten. Der letztere Fall ist zwischen uns
Beiden eingetreten, und der Bruder Robert Wolf's
weiß nicht, wie er seinen Dank aussprechen soll,
für das, was Sie an jenem armen Knaben gethan
haben. Ich habe Alles erkundet, was die Geschichte meines Bruders betrifft; ich bin ihm in den
letztern Tagen näher gewesen, als er sich träumen
ließ. Ich habe überlegt und bin zu dem Resultate
gekommen, daß ich nicht vor ihm, und somit auch
nicht vor Ihnen, theurer Mann, erscheinen darf.
Der Knabe wird mich für den Zerstörer seines
Glücks, für seinen Feind ansehen; ich will ihm ersparen, daß er einst die Stunde eines unzeitgemäßen
Wiedersehens verwünsche. Die Jahre werden ihn
beruhigen, und ihm alles Das, was er jetzt durch
solch ein häßliches Medium sieht, in dem wahren
Lichte zeigen; dann wird der Bruder dem Bruder
freudig die Arme öffnen können. Eva Dornbluth,
meine Braut, die unschuldige Ursache seines Schmerzes führe ich mit mir fort, sie gehört mir an und
wird nicht mehr dem armen Robert in den Weg

treten. Auch sie sagt Ihnen ihren tiefgefühltesten Dank und küßt Ihnen die Hand, die Sie so barmherzig, so schutzreich über Robert Wolf ausgestreckt haben. Wenn Sie, geehrter Herr, diesen Brief durch den Schreiner Tellering empfangen, sind wir weit von hier entfernt; wir werden den Winter in Italien zubringen, und im Frühling die See kreuzen. Von New-Orleans werde ich Ihnen weitere Mittheilungen machen.

Ich habe vernommen, daß mein Bruder Talente gezeigt und Kenntnisse erworben hat, ich will das Meinige dazu thun, daß ihm in Zukunft alle Wege zu letztern offen stehen sollen. Nach hiesigen Begriffen bin ich ein reicher Mann; aber wie arm fühle ich mich, wenn ich bedenke, was Sie einem unglücklichen fremden Knaben, was Sie meinem Bruder geben. Einige Wechsel auf das Haus Wienand schließe ich bei und bitte, die Summen zur Erziehung und Ausbildung Robert's nach Belieben und bester Einsicht zu verwenden.

Eva schreibt einige Worte an Robert; ich kann

mir lebendig vorstellen, wie der Knabe den Brief der Armen behandeln wird.

Leben Sie wohl; Sie sollen immer einen dankbaren treuen Freund finden an

Frederick Warner

alias Friedrich Wolf

aus Poppenhagen im Winzelwalde."

Der Polizeischreiber Fritz Fiebiger nickte fünf Minuten lang mit dem Kopfe; dann schloß er vorsichtig die Wechsel in seinen Schreibtisch. Dann nickte er wieder fünf Minuten hindurch mit dem Kopfe, stopfte eine Pfeife, zündete sie an, betrachtete das Billet Eva Dornbluth's, betrachtete den brütenden Robert Wolf und sagte zuletzt:

„Dein Bruder Friedrich hat mir soeben geschrieben. Hast Du gewußt, daß Fräulein Eva Dornbluth und er längst Verlobte waren, als Du Dich in das Mädchen verliebtest?"

Der Knabe zitterte an allen Gliedern und stammelte einige ziemlich unverständliche Worte.

„Sprich deutlich," sagte der Schreiber.

„Ich habe es ihr nie geglaubt; sie waren ja noch Kinder, als sie zusammenlebten," flüsterte Robert.

Der Schreiber zuckte komisch die Achseln:

„Und was bist Du denn eigentlich, mein Junge, — wenn ich fragen darf?! Hier, da hast Du einen Brief von der Dame; ich hoffe, Du beträgst Dich anständig und vernünftig."

Robert Wolf griff nach dem Billet; aber schon als er die hastige und doch zierliche Handschrift erblickte, betrug er sich nicht anständig und vernünftig. Mit zitternder Hand zerriß er den Umschlag und las. Roth und bleich wurde er, zwischen den Zähnen murmelte er. „Mein Bruder — sie — unschuldig — Freundschaft — Fluch ihnen!"

In Stücke zerriß er den Abschiedsbrief Eva Dornbluth's. Er weinte aber nicht mehr; — jetzt war er das unbestrittene Eigenthum des Polizeischreibers Friedrich Fiebiger geworden; auf wie lange, das war freilich eine andere Frage. Pique-
19*

Dame war aus dem Spiel; aber es gibt noch
mehrere Kronenträgerinnen zwischen den Karten;
glücklich die, welchen Herz-Dame herausfällt, und
welche damit das Spiel gewinnen!

www.ingramcontent.com/pod-product-compliance
Lightning Source LLC
Chambersburg PA
CBHW020857020726
47497CB00005B/1442